*Ich bin traurig über die Menschen
und die eigenartige Rolle,
die wir bei unseren eigenen
Katastrophen spielen.*

*Don DeLillo
WEISSES RAUSCHEN*

Umschlaggestaltung: Fritz Perlega
© 2008 by Edition Atelier, Wien
Herstellung:
druck aktiv OG
ISBN 978-3-902498-23-6

Manfred Koch

TOTENSTILLE

Roman

EDITION ATELIER

TOTENSTILLE

COUNTDOWN

FÜNFUNDZWANZIG

Er hockt mit angezogenen Beinen auf dem Bett und presst die Hände gegen seine Ohren. Aber das Hämmern, das ihn vor einer Stunde aus dem Schlaf gerissen hat, hört nicht auf. Er lässt sich zurückfallen und vergräbt seinen Kopf unter den Kissen. Zu den dumpfen Hammerschlägen kommt jetzt auch noch das Kreischen eines Bohrers, das sich als stechender Schmerz durch seine Schädeldecke schneidet. Er krümmt sich zusammen, spürt, wie ihm schon wieder der Schweiß ausbricht, legt sich flach auf den Rücken, versucht ruhig zu atmen und sich auf jeden Atemzug zu konzentrieren. Ein, aus. Ein, aus. Ein, aus.

Lass dich nicht fertigmachen, flüstert er. Lass dich nicht fertigmachen, Wolfgang Haller, sechsundfünfzig, ledig, stolzer Besitzer einer Staublunge und einer ärztlich attestierten Lebenserwartung von noch acht bis zehn Jahren. Der Lärm ist nicht gegen dich persönlich gerichtet, du bist nur zufällig ins Schussfeld der Schallwellen geraten. Die Arbeiter im Haus gegenüber können nichts dafür, die wissen nicht, dass deine Wohnung direkt an der Front des akustischen

Kriegs liegt, den sie heute Morgen eröffnet haben. Die denken nicht daran, während sie verbissen Löcher in Mauern bohren und auf Fliesen einschlagen, dass ein Trommelfeuer gegen deine Fensterscheiben prallt, mit tausend Geschoßen den Raum durchsiebt und dir keine Chance lässt, Deckung zu finden. Die haben keine Ahnung, dass sie die Stille zertrümmern, die Menschen wie du brauchen, um nach einer durchwachten Nacht schlafen zu können. Aber irgendwann werden sie ja Schluss machen und ihr Werkzeug einpacken, ihre Hämmer und Meißel, Bohrmaschinen und Schleifgeräte. Lass dich nicht fertigmachen. Atme. Ein, aus. Ein, aus. Ein, aus.

Dreißig Sekunden später springt er aus dem Bett, reißt das Fenster auf und brüllt verzweifelt „Ruhe! Verdammt noch einmal!!" in den Innenhof. Sinnlos. Ebenso gut hätte er mit einer Blockflöte gegen das Getöse und Gedröhne anspielen können, das zwischen den Häusern widerhallt und die ganze Wohnanlage in ein leichtes Beben versetzt.

Das Epizentrum ist die Wohnung gegenüber, unten im ersten Stock. Die Fenster mit den Milchglasscheiben, hinter denen dieser niederländische Frauenarzt bis vor einem halben Jahr seine illegale Abtreibungspraxis betrieb, sind jetzt herausgerissen und liegen zerborsten im Hof.

Jetzt kann er sehen, was er sich jahrelang nur vorgestellt hat: den grauen Kunststoffbodenbelag, hellgrün verfliese Wände, einen Stahlschrank, einen Hocker auf Rollen, einen kleinen Metalltisch für das chirurgische Besteck und den gynäkologischen Behandlungsstuhl mit den Plastikriemen zum Festschnallen der gespreizten Beine.

Was für ein armseliger Ort für das armselige Ende armseliger Geilheit, denkt er. Und jetzt wird er selbst ausgeschabt, ausgekratzt, ausgeräumt, dieser kalte, mit Verzweiflung und Hoffnung und Schmerzen und Ängsten und Berechnung und Gier geschwängerte Uterus.

Was bleibt, ist ein toter Haufen Gerümpel, Schutt und Dreck. Sperrmüll. Wie die Gefühle der jungen Frauen, die er beobachtet hat, wenn sie frühmorgens durch den diskreten Hintereingang das Haus betraten und zwei Stunden später mit verstörtem Blick wieder verließen.

In ein paar Wochen werden neue Mieter zwischen den frisch getünchten Wänden wohnen und keine Ahnung davon haben, was hier geschehen ist. Glücklich, dass sie eine billige Unterkunft gefunden haben. Hoffentlich ein altes, ruhiges Ehepaar ohne Kinder. Oder eine Musikstudentin, wie in der Wohnung darüber.

Diese kleine Japanerin mit ihren scharfen, kleinen Brüsten unterm T-Shirt, das ihr nur bis knapp über die Oberschenkel reicht. Steht mit ihrer Geige am Fenster und übt Griffe und Läufe. Offenbar völlig unbeeindruckt vom dröhnenden Lärm, bei dem sie unmöglich auch nur einen einzigen Ton hören kann, den sie auf ihrem Instrument erzeugt.

Vermutlich trainiert sie bloß mechanisch ihre Fingerfertigkeit, denkt er. Trockentraining, um die Gelenke, Sehnen und Muskelfasern geschmeidig zu halten. Um ihrem Körper die richtige Spannung zu geben, diesem zierlichen Körper, nackt unterm T-Shirt, unschuldig und nackt und weiß und mit kleinen, dunklen Brustspitzen und einem schmalen, schwarzen Schamhaardreieck. So kann er sie jeden Morgen ein paar Minuten lang sehen, wenn sie aus dem Bad kommt und bei geöffnetem Fenster ihren Körper trocken reibt und Frühgymnastik macht, bevor sie ihr T-Shirt überstreift.

Jeden Morgen nach der Arbeit beeilt er sich, schnell nachhause zu kommen, um diesen Anblick nur ja nicht zu versäumen. Dann steht er im Halbdunkel seines Zimmers, starrt durch einen Vorhangspalt hinüber auf das nackte Mädchen und wartet darauf, Erregung zu spüren.

Aber da ist nichts als die in seinem Kopf gespeicherte Erinnerung an Lust. Alles andere scheint verloren gegangen zu sein, verschwunden wie das jugendliche Gefühl strotzender Gesundheit und ewigen Lebens.

Er schließt das Fenster, setzt sich wieder aufs Bett und zündet sich eine Zigarette an. Seine Lungenflügel stechen und brennen bei jedem Zug, aber Hustenanfälle bekommt er schon lange nicht mehr. Seine Bronchien haben es längst aufgegeben, sich zu wehren. Und ihm ist es egal, was ihn früher umbringen wird, ob Staublunge oder Lungenkrebs den Wettlauf um seinen Tod gewinnen. Ersticken wird er in jedem Fall. Scheiß drauf.

Gut möglich, dass ihn ohnehin schon vorher dieser Höllenlärm umbringt. Sein ganzer Körper schmerzt, als würde jeder Hammerschlag, jedes Bohrerkreischen eine Nervenzelle zerfetzen.

Plötzlich muss er sich übergeben. Ohne Vorwarnung. Hat gerade noch Zeit, sich vornüber zu beugen, und speit gelbgrünen Schleim auf den Teppichboden. Immer wieder gelbgrünen Schleim, hochgewürgt im Rhythmus der Hammerschläge, unter denen sich seine Eingeweide zusammenkrampfen. Zwei, drei Minuten lang, die ihm wie Stunden vorkommen. Vielleicht sind es wirklich Stunden, denn im selben Augenblick, als er sich endlich nach Luft ringend wieder aufrichtet, hört auch der Lärm mit einem Schlag auf. Mittagspause.

Er nimmt einen Schluck aus der Wasserflasche neben seinem Bett. Dann sitzt er da und betrachtet lange den dunklen, glitschig feuchten Fleck, schaut zu, wie er von den Fasern des Teppichbodens aufgesogen wird und langsam verkrustet. Völlig geräuschlos, denkt er, als wäre der ganze Lärm unter der Kruste eingeschlossen und würde dort langsam zersetzt und in Stille verwandelt.

Endlich Ruhe, um noch ein wenig Schlaf zu finden. Er kriecht unter die Decke und denkt an den nackten Körper der kleinen Japanerin, die jetzt wohl auf ihrer Geige wieder irgendwas von Mozart oder Schubert spielt, leise, konzentriert und hingebungsvoll, wie sie auch früher immer gespielt hat, während unter ihr mit einem chromglänzenden Haken blutige Fötusstücke aus Frauenleibern gerissen und in Plastiksäcke gesteckt wurden.

VIERUNDZWANZIG

Bevor er seinen Nachtdienst antritt, besucht er seine Mutter im städtischen Altenheim. Bringt ihr ein neues Fläschchen Nagellack mit. Elisabeth Arden rubinrot, etwas anderes kommt nicht in Frage. Zweimal hatte er ihr irrtümlich den falschen Nagellack geschenkt, einmal eine andere Marke, einmal ein etwas helleres Rot, aber da hatte sie mit ihrer fast neunzigjährigen Stimme so laut zu schreien und zu jammern begonnen, dass die Schwestern herbeigelaufen kamen, weil sie fürchteten, er würde ihr etwas antun. Sie war schrecklich aufgeregt, zitterte, schrie und weinte in einem fort, so dass man ihr schließlich eine Spritze geben musste, um sie zu beruhigen.

Jeden dritten Tag einen teuren Nagellack, das geht natürlich ins Geld, aber er tut es gern. Es ist das Einzige, was er noch tun kann, um seiner Mutter eine Freude zu machen.

Und dann sitzt er an ihrem Bett und schaut zu, wie sie die neue dunkelrote Farbe über die alten, dicken Lackschichten auf ihren Fingernägeln streicht, sorgfältig und

15

genussvoll mit langsamen, breiten Pinselstrichen; und wenn sie mit dem letzten Fingernagel fertig ist, fängt sie wieder mit dem ersten an.

Er würde gern ihre Hände in den seinen halten und sie streicheln, zärtlich und sanft. Ihre schmalen Hände mit den langen, eleganten Fingern, die er schon als Kind geliebt und bewundert hat, ihre Hände, die noch immer fast fleckenlos und schön sind, abgesehen von den dick zugeschmierten und bepappten roten Fingernägeln und den hervortretenden blauen Venen unter der seidenpapierdünnen Haut. Doch wenn er ihre Hände umfassen will, entzieht sie sie ihm rasch mit einer unwilligen, fast zornigen Geste.

„Das gehört sich nicht für einen kleinen Buben", sagt sie. „Schon gar nicht in aller Öffentlichkeit. Du musst lernen, deine Gefühle zu beherrschen."

Also schaut er ihr weiter dabei zu, wie sie ihre Fingernägel lackiert, und beantwortet geduldig alle ihre Fragen. Gibt die immer gleichen Antworten auf die immer gleichen Fragen, jahrelang schon, seit sie begann, ihr Leben zu wiederholen und in wirren Sprüngen durch die Zeiten zu hüpfen und dann wahllos in ihnen zu verharren, als wollte sie ihrem zur Neige gehenden Vorrat an Lebenszeit damit ein Schnippchen schlagen.

Ja, Mama, ich hab meine Schulaufgaben gemacht. Natürlich, Mama, Algebra hab ich auch geübt. Ja, Mama, ich weiß, dass das wichtig ist, wenn ich später einmal Ingenieur werden will wie Papa. Nein, Mama, ich stehe in der Pause ganz bestimmt nicht vor dem Mädchenklo und mache schmutzige Bemerkungen wie die anderen, ich schwöre es, Mama. Ich weiß, Mama, dass du dich für mich aufopferst, und dass du es sehr schwer hast, seit Papa tot ist. Nein, Mama, ich werde dir sicher keine Schande machen, ich verspreche es. Und Papa kann auch stolz auf mich sein, wenn er vom Himmel auf mich herunterschaut. Ja, Mama. Ganz sicher, Mama. Bestimmt, Mama. Ich hab dich auch lieb, Mama. Schlaf jetzt, Mama. Bis morgen, Mama. Gute Nacht, Mama.

In der Nachttrafik kauft er drei Schachteln Zigaretten, obwohl es seine Vorgesetzten vom Wachdienst nicht gerne sehen, wenn während der Arbeitszeit geraucht wird. Ein Zigaretten qualmender Wachmann mache einfach kein gutes Bild in der Öffentlichkeit, erklärte man ihm und seinen Kollegen bei der Einschulung. Denn auch wenn der Wachdienst eine private Firma sei, hätten sie doch eine offizielle Funktion zu erfüllen und sollten durch ihre Uniform und ihr vorbildliches Auftreten Respekt einflößen. Aber ausdrücklich verboten wurde ihnen das Rauchen nicht. Und er würde sich über ein solches Verbot hinwegsetzen. Während des Nachtdienstes taucht ohnehin fast nie ein Vorgesetzter auf, um ihn zu kontrollieren. In der Nacht hat er seine Ruhe, und das ist der einzige Grund, warum er diesen Job fast ein wenig liebt.

Nicht, dass er während seines Dienstes schlafen würde. Obgleich es ihm durchaus möglich wäre, sich zwischendurch in den Raum hinter der Pförtnerloge des Festspielhauses auf ein Nickerchen zurückzuziehen. Besonders zwischen zwei und fünf Uhr früh tut sich nichts, keine Menschenseele ist auf der Straße, die ganze Stadt schläft, dämmert dem Morgen entgegen. Gut, manchmal kommt es vor, dass ein Betrunkener dahertorkelt, vor dem Bühneneingang seine Notdurft verrichtet oder ihn um ein paar Münzen anschnorrt oder ausgerechnet jetzt unbedingt jemanden zum Reden braucht, aber solche Gestalten übersieht er einfach.

Um halb sechs Uhr morgens, kurz bevor ihn die Kollegen vom Tagdienst ablösen, kommt dann der Putztrupp, eine Schar bosnischer und türkischer Frauen, die mit Staubsaugern und Wischtüchern und Desinfektionsmitteln lautstark über die Zuschauersäle, Gänge, Garderoben, Toiletten, Proberäume und Bühnen herfallen.

Aber bis dahin herrscht heilige Ruhe in den riesigen Gebäuden, und er genießt diese große Stille, wenn er seine vorgeschriebenen Kontrollrunden macht durch die künstliche Höhlenwelt der Festspielhäuser mit ihren verschlungenen Gängen und geheimnisvollen Kulissenzügen und Scheinwerferaufhängungen, die wie Tropfsteine aufblitzen, wenn sie vom Licht seiner Taschenlampe gestreift werden. Eine angenehme, leichte Arbeit; noch nie musste er wegen eines Feuers oder Einbrechers Alarm auslösen. Und in den Stunden zwischen den Kontrollgängen kann er ruhig in der Pförtnerloge sitzen und seinen Gedanken nachhängen und rauchen und in Ausübung seiner Pflicht spüren, wie die Zeit vergeht.

Es ist kurz nach fünf, er hat seinen letzten Kontrollgang hinter sich, und normalerweise würde er den Mann ignorieren, der jetzt an die Fensterscheibe der Pförtnerloge klopft.

Ein junger Mann, keine dreißig Jahre alt, in Jeans und olivgrünem Parka. Ausländischer Typ, Araber vielleicht, mit brauner Haut und schwarzem, gekraustem Haar.

Der Mann macht nicht den Eindruck, als wäre er betrunken, denkt er. Möglicherweise hat der wirklich ein Problem und braucht Hilfe. Und man ist ja schließlich kein Unmensch, auch wenn man nicht bei der Heilsarmee ist. Also fragt er den Mann, was er von ihm will.

„Entschuldigen Sie vielmals", sagt der Mann in makellosem Deutsch und lächelt verlegen. „Mein Name ist Fazul Abdullah Ghailani, ich bin Soziologiestudent aus Riad. Ich schreibe gerade an meiner Diplomarbeit über die spezifischen Bedingungen der Arbeitswelt in der Europäischen Union."

„Schön für Sie. Und was geht das mich an?"

„Wissen Sie, für meine Arbeit muss ich Informationen über Menschen in schwierigen beruflichen Situationen sammeln. Zum Beispiel über die besonderen Belastungen, die durch Nachtarbeit entstehen. Und da habe ich mir gedacht, Sie könnten mir vielleicht ein paar Auskünfte geben und etwas über Ihre anspruchsvolle Tätigkeit erzählen, wenn Sie so freundlich wären und es Ihre Zeit erlaubt."

Von wegen anspruchsvoller Tätigkeit, denkt er. Will sich dieser, wie heißt er gleich, dieser Abdullah Sowieso, will der sich über mich lustig machen, oder soll ich mich geschmeichelt fühlen? Nein, geschmeichelt bestimmt nicht. Ich weiß, was eine wirklich anspruchsvolle Tätigkeit ist. Eine Arbeit, die einen ganzen Mann erfordert und ihm alles abverlangt an Konzentration und Können. Über zwanzig Jahre war sie mein Leben, diese Arbeit, bis sie mich dann zum Krüppel gemacht hat, zum Fall für den Lungenspezialisten.

„Warten Sie", sagt er, „in einer halben Stunde mache ich Schluss. Dann erzähle ich Ihnen etwas über eine anspruchsvolle Tätigkeit. Nicht über diese hier. Sondern über eine, die diese Bezeichnung wirklich verdient."

Seit er gezwungen worden war, seinen alten Beruf aufzugeben, hat er nie mehr darüber gesprochen. Es gab auch nie jemanden, der darauf neugierig gewesen wäre. Doch jetzt ist da auf einmal dieser Abdullah Sowieso, der erste Mensch seit langem, der sich dafür interessiert. Sitzt ihm an einem Tisch in der Kantine des Festspielhauses gegenüber, hört ihm aufmerksam zu und macht sich sogar Notizen. Schreibt alles in ein kleines Heft, in sonderbaren arabischen Schriftzeichen von rechts nach links, während die Worte aus ihm herausströmen, als wäre ein Damm gebrochen.

Er erzählt von seiner großen Zeit als Sprengmeister einer Abbruchfirma. In halb Europa waren sie im Einsatz, er und sein Team. Spezialisten, die immer dann gerufen wurden, wenn es um besonders komplizierte Aufgaben ging. Um Hochhäuser in dicht verbauten Gebieten. Um alte, fünfzig, sechzig Meter hohe gemauerte Fabriksschlote. Um mächtige Brückenpfeiler aus massivem Granit. Oder um asbestverseuchte Wohnblöcke aus der Nachkriegszeit, oft ganze Straßenzüge von ihnen.

Alles legten sie in Schutt und Asche, ohne den geringsten Schaden in der Umgebung anzurichten. Doch nicht bedächtig und langsam, sondern mit einem einzigen, schnellen, mächtigen Todesstoß. Das war echte Präzisionsarbeit, exakt kalkuliert und durchgeführt. Da musst du vorher alles genau berechnen, Volumen, Masse, Materialdichte, Zusammensetzung, Menge und Verteilung des Sprengstoffes, damit bei der Explosion alles nach Plan läuft.

Da sitzt du wochenlang über Bauplänen und Baustofftabellen, tüftelst an den Positionen der Bohrlöcher für die Sprengladungen, kletterst in den leer geräumten Gebäuden herum, um jedes Kabel und jeden Sprengkontakt wieder und wieder zu überprüfen – bis der entscheidende Augenblick kommt, der Moment der Wahrheit.

Alles geht in Deckung, der Countdown läuft, du löst die Zündung aus, und dann: ein paar Blitze, ein leises Grollen, ein dumpfer Donnerschlag, das Bauwerk bäumt sich ein paar Sekunden lang auf wie ein verwundetes Tier, stürzt dann mit ungeheurem Getöse in sich zusammen und verendet unter einer Wolke aus Mauerteilen, Dreck und Staub.

Und dann: Stille. Absolute Stille. Totenstille. Als wären durch die Explosion alle

Geräusche aus dieser Welt weggesprengt worden.

Und während er von der Faszination der Stille redet, von der alles durchdringenden Stille nach der Explosion, die ihn stets aufs Neue in ihren Bann schlug, und nach der er süchtig wurde wie ein Junkie nach seiner Droge, bemerkt er gar nicht, dass Abdullah Sowieso längst aufgehört hat, sich Notizen zu machen, sondern ihn nur mit einem leisen, zufriedenen Lächeln um die Mundwinkel anblickt.

Er erzählt, wie er jedem neuen Auftrag mit Unruhe entgegenfieberte, um diese unglaubliche Stille wieder erleben zu können. Wie er alle Warnungen und Verbote in den Wind schlug und sich jedes Mal ein Stück näher an den Ort der Sprengung heranwagte, magisch angezogen vom Zentrum der Stille, das sich im Innersten der Explosion befinden muss, gleich der Ruhe im Auge eines Tornados. Und wie er zuletzt schon so nahe war, dass ihm bei den Sprengungen fast die Mauerteile um die Ohren flogen und er über und über mit Staub bedeckt wurde, Staub, der sich schließlich in seinen Lungen einnistete und ihn seinen Arbeitsplatz kostete nach mehr als zwanzig Jahren. Und dass ihm seither sein Leben immer gleichgültiger wird, und dass die Stille das Einzige ist, wonach er sich sehnt. Die große, unendliche, unerreichbare Stille.

Er will sich eine Zigarette anzünden, aber die Packung ist leer.

„Ich glaube, ich habe Ihnen jetzt genug erzählt", sagt er und steht auf. „Doch ich fürchte, für Ihre Arbeit war das alles nicht sehr nützlich."

Abdullah Sowieso lächelt. „Doch", antwortet er, „ich danke Ihnen vielmals. Es war sehr nützlich. Sie haben mir damit mehr geholfen, als Sie denken."

DREIUNDZWANZIG

Man kann ganz gut eine Zeit lang mit wenig Essen und Trinken auskommen. Der Körper stellt sich darauf ein und holt sich seine Energie aus irgendwelchen Speicherzellen. Auch Mangel an Sex schadet nicht wirklich. Das Bedürfnis danach wird normalerweise immer schwächer und zieht sich in ferne Regionen im Gehirn zurück, wo es auf die passende Gelegenheit wartet, bis es irgendwann völlig erlischt. Jedoch Schlaf lässt sich nicht deponieren; der Organismus kann keine Schlafvorräte anlegen, auf die er im Notfall zurückgreifen könnte. Mangel an Schlaf ist eine Qual, eine Tortur, die auf Dauer verrückt macht. Folterknechte wissen das.

In den vergangenen achtunddreißig Stunden hat er höchstens drei Stunden geschlafen. Auch jetzt ist wieder nicht an Schlaf zu denken. Der Baulärm aus dem Haus gegenüber ist unerträglich. Die Arbeiter schleifen in der Wohnung die Böden ab; ein auf- und abschwellendes, schrilles Kreischen gellt durch den Innenhof, prallt an die Fassaden der Wohnhäuser, vervielfacht sich und durchdringt die Mauern und

Fenster wie eine Giftwolke, die sich durch nichts aufhalten lässt.

Sogar die kleine Japanerin scheint die Flucht ergriffen zu haben. Zu seinem immer stärker werdenden Bedürfnis nach Ruhe und Schlaf gesellt sich das Gefühl von Enttäuschung. Dieser Abdullah Sowieso hatte ihn so lange aufgehalten, dass er zu spät nachhause gekommen war. Zu spät, um sie nackt durchs Fenster beobachten zu können. Und auch jetzt kann er sie nicht sehen in ihrem knappen T-Shirt und mit ihrer Geige. Ein verlorener Tag, an dem die Bilder im Kopf keine frische Nahrung erhalten.

Er schaltet das Fernsehgerät ein. Nur das Bild. Ohne Ton. Er hat sich schon vor langem angewöhnt, den Ton wegzulassen, und jetzt würde er ihn ohnehin nicht hören bei all dem Lärm. Bilder sind menschenfreundlich. Sie stellen es einem frei, ob man sie sehen will oder nicht. Man kann jederzeit wegschauen oder die Augen schließen. Töne drängen sich auf; auch wenn man weghören möchte, bleibt man ihnen ausgesetzt. Und wenn man seine Ohren verstopft, hört man den eigenen Herzschlag. Ein Hämmern und Rauschen, das immer lauter und lauter wird.

Also nur Bilder. Er zappt durch die Fernsehkanäle. Eine Talksshow. Drei Autos, die einander durch enge Straßen verfolgen. Eine junge Frau und ein älterer Mann, die sich über irgendwas streiten. Ein Mann in einer barocken Kirche. Eine Talkshow. Ein Sänger mit kahlgeschorenem Kopf und Tätowierungen auf den Oberarmen. Eine bekannte Schauspielerin, die auf dem Boden liegt und so tut, als wäre sie tot. Ein halbnacktes Mädchen und ein junger Mann, die so tun, als würden sie miteinander schlafen. Ein schlammgrauer Fluss, in dem Krokodile schwimmen. Ein Mann in einem Trenchcoat mit einer Pistole in der Hand neben einer Frau auf einem Sofa, die so tut, als wäre sie erschossen worden, alles in Schwarzweiß. Noch eine Talkshow. Ein Boxer, der einen anderen Boxer mehrmals hintereinander in Zeitlupe k.o. schlägt. Zwei dicke Sängerinnen in Tiroler Tracht. Ein paar als Aliens verkleidete Schauspieler im Cockpit eines Raumschiffes. Eine Frau, die vor einem Richter steht, wobei nicht zu erkennen ist, ob die Szene echt ist oder gespielt. Ein Mann auf einem Pferd, das sich plötzlich in eine Harley Davidson verwandelt. Die schweißnasse Stirn eines Chirurgen, der irgendwen operiert. Die Wetterkarte von Südamerika. Der Generalsekretär der Vereinten Nationen und ein paar Männer in Uniform, dahinter zerbombte Häuser. Eine Chipstüte, ein Kind, das voll Begeisterung in einen Hamburger beißt, ein blasses Mädchen, das einen Parfumflakon küsst. Wartende Journalisten vor dem Weißen Haus. Ein langsamer Kameraschwenk über Jerusalem mit einer riesigen schwarzen Wolke über dem Tempelberg und Helikoptern am Himmel. Und plötzlich auf allen Kanälen ein Schriftband am unteren Bildrand: BREAKING NEWS! TERRORANSCHLAG IN JERUSALEM! BIS JETZT ZWEIHUNDERT TOTE UND TAUSENDE VERLETZTE! MINDESTENS DREI ISRAELISCHE REGIERUNGSMITGLIEDER GETÖTET! Dann brennende Häuser, ausgeglühte Autowracks, Leichenteile, blutende Menschen in Großaufnahme, Rettungsfahrzeuge, verzweifelt gestikulierende Ärzte und Sanitäter, ein betender Rabbi, Polizisten mit Maschinenpistolen im Anschlag, verkohlte Gliedmaßen, Blut, Rauch, Dreck. Und dann Standfotos von vier jungen Männern, zwei davon mit schwarzen Bärten, und von einer jungen Frau, ein schwarzes Kopftuch bis zu den großen, dunklen Augen heruntergezogen. Dazu eingeblendete Namen auf Arabisch und Englisch. Dann wieder rauchende Trümmer, verstümmelte Tote, schreiende Kinder, der israelische Ministerpräsident in einem Pulk von schwer bewaffneten Bodyguards, ein Fernsehkommentator mit vorwurfsvollem Blick, Rettungsmänner, die neben Tragbahren mit Verletzten herlaufen und Infusionsflaschen in die Höhe halten, eine Frau mit einem leblosen Kind im Arm, und dann plötzlich ein sonnengebräunter Mann auf einem Segelboot, der genussvoll nach einer Bierdose greift, eine silberne Luxuslimousine auf einer Meeresklippe im Abendrot, ein hinreißend schönes Mädchen, das einen Deospray mit den Fingerspitzen streichelt, als wäre er ein Phallus, und wieder das Kind, das voll Begeisterung in einen Hamburger beißt.

Er schaltet den Fernsehapparat aus. Er kann die grausamen, zynischen Bilder nicht mehr ertragen. Diese Bilder des Hasses, zu denen das Kreischen und Heulen der Schleifmaschine die perfekt synchronisierte Tonspur liefert.

Seine Augen brennen. Er hat Kopfschmerzen, und in seiner Magengrube macht sich ein stechendes Gefühl breit. Er geht in die Küche, schneidet ein paar Brotscheiben ab und belegt sie dick mit Leberwurst und Käse. Kaum hat er den ersten Bissen hinuntergeschluckt, krampft sich sein Magen zusammen, und er muss schleunigst auf die Toilette.

Während sich sein Darm in immer neuen Schüben wasserfallartig entleert, bemerkt er, dass der Lärm hier, in diesem kleinen, abgeschlossenen, fensterlosen Raum, nur mehr gedämpft zu hören ist. Mit heruntergelassenen Hosen stelzt er in die Küche, holt den Teller mit den Broten und eine Schachtel Zigaretten, und setzt sich wieder auf die Kloschüssel. Schließt sich ein und scheißt und isst und raucht und scheißt und isst und nimmt sich vor, so lange hier sitzen zu bleiben, bis draußen der unerträgliche Lärm endlich verstummt.

Er starrt auf seine behaarten Oberschenkel, die in der Unterhose enden. Wie verstümmelt, denkt er. Wie weggesprengt. Sie machen also noch immer weiter mit ihrem so genannten Heiligen Krieg, diese Terroristen von Al Kaida oder Hisbollah oder wie immer sie sich nennen. Hören nicht auf, sich in die Luft zu sprengen, um viele andere mit in den Tod zu nehmen, diese Wahnsinnigen.

Er versucht, sich die Bilder der vier Männer und der jungen Frau ins Gedächtnis zu rufen. Vermutlich die Gesichter der Selbstmordattentäter.

Was in ihren Köpfen vorgeht, das würde ihn interessieren. Was sie denken und fühlen, diese verrückten Gotteskrieger. Ob sie sich vor Angst in die Hosen machen oder wie in Trance ein unendliches Glücksgefühl erleben, in dem Augenblick, da sie den Zündknopf drücken, ja, das möchte er wirklich gern wissen.

ZWEIUNDZWANZIG

„Wie wär's, wenn du dich wieder einmal waschen würdest", sagte gestern ein Kollege zu ihm, als er eine halbe Stunde zu spät zum Nachtdienst erschien. „Du stinkst wie ein Scheißhaus."

Es war ihm richtig peinlich. Er war auf der Klomuschel hockend eingeschlafen, und als er endlich aufgewacht war, verwirrt und mit dem Hinterkopf an den Spülkasten gelehnt, war keine Zeit mehr gewesen. Nicht für Duschen und Rasieren, und schon gar nicht, um seine Mutter zu besuchen. Aber das wird sie bis am Abend ohnehin vergessen haben, und so lange müsste auch ihr Vorrat an Nagellack reichen. Nein, um seine Mutter macht er sich keine Sorgen. Vielleicht sucht er wieder einmal eines seiner alten Schulzeugnisse heraus, eines, in dem er noch lauter gute Noten hatte, und zeigt es ihr am Abend. Dann kann sie wieder stolz auf ihn sein, und glücklich.

Etwas ganz anderes macht ihm Sorgen: Die kleine Japanerin war auch heute früh nicht da. Und ist den ganzen Tag nicht hinter ihrem Fenster erschienen. Obwohl in der Wohnung unter ihr endlich wieder Ruhe eingekehrt ist; dort werden jetzt die Wände gestrichen und die Türstöcke lackiert. Wirklich schlafen konnte er trotzdem nicht. Kaum war er eingedöst, schreckte er auf und sah hinüber zu ihrem Fenster, in der Hoffnung, sie zu sehen.

Jetzt kramt er in den Fotos, die er vor zwei Jahren von ihr gemacht hat. Heimlich mit dem Teleobjektiv durch den Vorhangspalt. Ihr weißer, nackter Körper auf einem Dutzend in jeder Hinsicht scharfer Bilder. Damals fand er es erregend, auf diese Weise von ihr Besitz zu ergreifen, ohne dass sie etwas davon wusste. Ahnungslos, unbekümmert und unschuldig, wie sie ist. Oder wenigstens tut.

Heute sind diese Fotos nur mehr totes Papier. Er fühlt nichts, wenn er sie anschaut. Nichts, was ihn aufreizt. Nichts, wie auf den Bildern der Pornomagazine und Hardcorevideos, die er sich früher angesehen hat, bis ihn die professionell vorgespielte, gelogene Geilheit zuerst langweilte und schließlich völlig kalt ließ. Abstoßend, diese Großaufnahmen rasierter Geschlechtsteile. Lusttötend, diese ewigen Leck-, Spritz-, Piss- und Fäkalorgien. Und absolut beklemmend, diese aufdringliche Distanzlosigkeit, der man hilflos ausgeliefert ist, wie dem Geheul einer Alarmsirene. Nein, er will nicht, dass sich eine Frau mit dem nackten Arsch auf sein Gesicht setzt. Er will sich das nicht einmal vorstellen. Er hat Angst, daran zu ersticken. Dafür braucht er keine Frau.

Er sollte jetzt wirklich versuchen, endlich zu schlafen. Nichts ist lächerlicher, als ein alternder Mann, der auf das heimliche Betrachten eines fremden, nackten Mädchenkörpers fixiert ist, denkt er. Dirty Old Man, total schwachsinniger! Trotzdem zieht es seinen Blick immer wieder hinüber zu ihrem Fenster. Als könnte er sie herbeischauen. An Schlaf ist heute wohl nicht mehr zu denken.

Er zieht seine blaue Wachdienstuniform über den Schlafanzug an und geht hinunter in die Trafik. Kauft eine Stange Zigaretten, schaut sich die Titelseiten der Zeitungen an. Auf allen die gleichen Bilder vom Terroranschlag in Jerusalem. Und im Blattinneren sicher wieder die gewohnten Kommentare und Analysen. Wohlformulierte Ratlosigkeit. Kein Grund, sie zu lesen.

Nebenan beim Türken verdrückt er lustlos einen Döner, spült ihn mit einer Dose Bier hinunter. Verlässt den Laden schnell, weil ihn das Plärren der türkischen Musik nervt, die aus einem Ghettoblaster dröhnt.

Noch eine Runde um den Häuserblock. Der Sexshopbesitzer, der vor seiner Ladentür auf Kundschaft wartet, grüßt ihn mit übertriebener Höflichkeit. Zwei Halbwüchsige auf Skateboards machen ihm auf dem Gehsteig Platz. Eine junge Nutte verzieht sich, als sie ihn sieht. Seine Uniform scheint tatsächlich einschüchternd zu wirken. Mit Fallschirmspringerstiefeln und einem Barett ginge er vermutlich glatt als Mitglied einer Terrorbekämpfungseinheit durch. Wenn die Leute wüssten, dass er unter der Uniform einen Pyjama trägt.

Wieder in der Wohnung: Beschäftigungstherapie. Mit Seife und einem feuchten Putzlappen versucht er, den Kotzfleck im Teppichboden neben seinem Bett wegzurubbeln. Doch statt zu verschwinden, sieht der Fleck nach einer halben Stunde wieder aus wie frisch gespieen. Auf dem Boden der Toilette liegt ein altes, angebissenes Leberwurstbrot. Und überall Zigarettenstummel. Dazwischen flitzen Silberfischchen, seine vertrauten Mitbewohner.

Er will Kehrichtschaufel und Handbesen aus der Abstellkammer holen und sieht seine alte Fotokamera oben im Regal liegen, samt Teleobjektiv und Stativ. Nimmt sie herunter, bläst den Staub ab und trägt sie zum Fenster. Er spannt eine neue Filmrolle ein, nimmt die Kappe vom Objektiv, schraubt das Tele an, stellt das Stativ auf und fixiert darauf die Kamera. Die vertrauten Handgriffe lösen vertraute Gefühle aus. Er schaut durch den Sucher und richtet die Kamera aufs Fenster gegenüber.

Hinter dem Fenster ist nichts zu sehen als ein leerer Notenständer. Weiter hinten im

Raum ein Tisch und ein Sessel mit einem über die Lehne geworfenen T-Shirt. Er zoomt auf das T-Shirt und drückt auf den Auslöser. Transportiert den Film weiter, drückt wieder. Er verknipst den ganzen Film. Vierundzwanzig Bilder von ihrem T-Shirt.

EINUNDZWANZIG

Was sagst du dazu, Mama? Ist doch ein tolles Zeugnis, nicht wahr, Mama? Bist du jetzt froh, Mama? Bist du ein bisschen stolz auf mich, Mama? Danke, Mama. Papa wäre auch stolz, ich weiß, Mama. Ja, Mama, und auch sonst bin ich immer brav, Mama. Wie kommst du denn auf so eine Idee, Mama? Natürlich hab ich mich noch nie da unten angefasst und damit gespielt, Mama. Ganz ehrlich, Mama. Ich weiß doch, dass man das nicht tut, Mama. Ja, Mama, es ist eine Sünde, Mama. Und gefährlich fürs Rückgrat ist es auch, ich weiß, Mama. Ja, ich bin dein großer, gescheiter Bub, Mama. Ich schwör's. Nein, Mama, ich hab die Seite mit der Damenunterwäsche ganz bestimmt nicht aus dem Versandhauskatalog herausgerissen. Ich weiß auch nicht, Mama. Vielleicht die Tante Christl, weil sie was bestellen will, Mama. Nein, Mama. Ich mach dir keine Schande, Mama. Nein, Mama, das macht nichts, dass ich in den Ferien zuhause bleiben muss. Ja, Mama, im Volksgartenbad ist es auch schön. Aber nein, Mama, die Mädchen dort interessieren mich doch überhaupt nicht. Ist gut, Mama. Klar, Mama. Mach ich, Mama. In Ordnung Mama. Ja, Mama. Ich hab dich auch lieb, Mama. Nein, Mama, der Nagellackfleck auf dem Zeugnis macht nichts, Mama. Ist wirklich nicht schlimm, Mama. Beruhig dich, Mama. Schlaf jetzt, Mama. Gute Nacht, Mama. Bis morgen, Mama.

In der Pförtnerloge liegt eine Zeitung von heute. Eine von der penetranten Sorte, die einen ständig anschreit: Nimm mich zur Hand! Lies mich! Blättere wenigstens in mir und schau dir die bunten Bilder an! Irgendwas Sensationelles wirst du garantiert finden!

Kurz nach Mitternacht kapituliert er und beginnt zu lesen, um nicht einzuschlafen. Verworrenes Zeug, zusammengestoppelt aus den bekannten Motiven über die Hintergründe des Terrorismus: soziale Ungerechtigkeit, politisches Versagen, Machtansprüche, Geldgier, Öl und religiöser Fanatismus. Dazu die routinierten Betroffenheitsfloskeln Prominenter. Und die oft wiederholte Geschichte, dass jeder Selbstmordattentäter fest daran glaube, nach seinem Heldentod sofort im Paradies zu landen, wo er als Märtyrer von Allah höchstpersönlich mit zweiundsiebzig Jungfrauen belohnt und verheiratet wird.

Sonderbar, denkt er, und was passiert mit den weiblichen Terroristen? Was erwartet die? Zweiundsiebzig Potenzbolzen mit Hengstschwänzen? Zweiundsiebzig Verführungskünstler mit den traurigen Augen und dem sanften Lächeln von Osama Bin Laden? Oder werden sie bloß ins Heer der Jungfrauen rekrutiert, die ihre männlichen Kollegen geschenkt bekommen? Darüber erhält man natürlich keine Auskunft.

Er schaut sich die Bilder der Selbstmordattentäter an. Stellt sich vor, dass die es vielleicht nur als ein besonders geiles Vorspiel betrachten, wenn es sie in tausend Stücke zerreißt. Wie perverse Hauptdarsteller in einem Snuffvideo, denkt er. Völlig durchgedreht. Vielleicht haben sie das von den japanischen Kamikazefliegern gelernt. Ob denen auch zweiundsiebzig Jungfrauen versprochen wurden? Zweiundsiebzig japanische Jungfrauen, Geige spielend und nackt unter ihren schenkellangen, eng anliegenden T-Shirts?

Er spürt, wie ihm allmählich die Augen zuzufallen drohen. Zwingt sich, wach zu bleiben. Könnte ja sein, dass ausgerechnet heute eine Kontrolle auftaucht. Diesen Job auch noch zu verlieren, kann er sich nicht leisten.

Er geht in die Kantine, um sich einen Becher Kaffee vom Automaten zu holen. Auf einem Tisch sieht er ein Heft liegen, das ihm

bekannt vorkommt. Ein kleines, rotes Heft.
So wie das Notizheft von diesem Abdullah
Sowieso. Er schlägt es auf. Ein paar Zeilen
in arabischer Schrift, die übrigen Seiten
sind leer. Habe ich mir doch gleich gedacht,
dass er nichts von dem brauchen kann, was
ich ihm erzählt habe, denkt er. Oder der
Idiot hat das Heft einfach vergessen.

Er steckt das Heft in die Brusttasche der
Uniformbluse und beginnt mit seinem Kontrollgang durch die Festspielhäuser. Auf der
großen Bühne stehen schon Teile der Deko-
ration für die erste Opernaufführung der
heurigen Festspiele.

Er mag den Geruch von Leim und Farbe,
den diese künstliche Welt verbreitet. Er
mag die Stille, in der sie verharrt und ihr
Geheimnis für sich behält, bis es ihr vom
grellen Licht der Bühnenscheinwerfer ent-
rissen wird. Alles andere mag er nicht. Weder die laute Musik, noch das exaltierte
Gehabe der Künstler. Und vor allem nicht
das Festspielpublikum in seiner monströ-
sen Selbstdarstellungsgeilheit. Aber diese
stummen Kulissen im Zustand der Un-
schuld wenige Wochen vor ihrer Entwei-
hung durch tausende Blicke, die faszinie-
ren ihn. Jetzt gehören sie noch ihm, wenn
er den gedämpften Strahl seiner Taschenlampe über sie gleiten lässt, ihm allein.

Und noch etwas mag er an diesen Kulissen: ihre Verletzbarkeit, die sie hinter

scheinbarer Stabilität verbergen. Stoff, Holz, Gips, Styropor. Dafür braucht man kein Gramm Sprengstoff. Ein einziges Streichholz genügt für ein kleines Inferno. Für ein richtig schönes Fegefeuer im Puppentheater der Eitelkeiten.

ZWANZIG

Eine Woche ist vergangen und noch immer keine Spur von der Japanerin. Nichts außer ihrem T-Shirt über der Sessellehne.

Er schwenkt die Fotokamera Millimeter für Millimeter weiter. Auch hinter den anderen Fenstern tut sich nichts. Vorhänge, Jalousien, Rollos. Die renovierte Wohnung ist leer. Leer wie der asphaltierte Innenhof, der nur dem Zweck dient, den behördlich vorgeschriebenen Mindestabstand zwischen den sechsgeschoßigen Wohnblöcken einzuhalten. Ein stilles, graues, abweisendes Geviert. Die Kinder und Halbwüchsigen treiben sich lieber draußen auf der Straße herum oder gleich am Bahnhofsvorplatz. Und die Älteren verbarrikadieren sich in ihren Wohnungen.

Doch genau aus diesem Grund ist er hier eingezogen. Und wegen der niedrigen Miete. Zimmer, Küche, Dusche, WC. Mehr braucht der Mensch nicht, um sein Leben langsam zu beenden. Und seit die bosnische Frau mit ihren vier dauerbrüllenden Kindern aus der Wohnung über ihm delogiert wurde, herrscht auch da wieder Ruhe.

Von den übrigen Hausbewohnern hört und sieht er ohnehin nichts. Das Privileg des Nachtarbeiters, während alle anderen ihrem Beruf tagsüber nachgehen. Manchmal finden sich im Hof die traurigen Zeugnisse einer weiteren nachtaktiven Profession: benutzte Kondome.

Er zoomt in die rechte Hofecke, zählt die lappigen Latexdinger am Boden und muss grinsen. Die vergangene warme Sommernacht war wohl offensichtlich äußerst animierend fürs Geschäft. Nun ja, die Zeiten sind lange vorbei, in denen auch er manchmal zum Umsatz beigetragen hat. Er schwenkt die Kamera weiter zum hinteren Hauseingang und erschrickt. In der offenen Tür steht ein Mann und schaut zu seinem Fenster hinauf. Wenn er keinen Bart hätte, würde ich ihn für Abdullah Sowieso halten, denkt er. Derselbe Typ. Aber viel eleganter. Schwarzer Doppelreiher, weißes Hemd, mit kurzem Stehkragen, Lederkoffer. Der Mann geht ins Haus, kommt nach zwei Minuten wieder heraus, wirft noch einmal einen kurzen Blick hinauf auf das Fenster und verschwindet durch den Hofausgang.

Ob mit oder ohne Bart, diese Abdullahs haben alle die gleiche Visage, denkt er. Aber so was darfst du ja nicht laut sagen, sonst bist du sofort als ausländerfeindlicher Rassist verschrien. Als Fremdenhasser, Psychopath, reaktionäres Arschloch. Oder sogar als Nazischwein. Und dann hetzen sie dir gleich die Staatspolizei auf den Hals. Weil du nicht sagst, was alle sagen. Nicht denkst, was alle denken. Nicht bist, wie alle sind. Setzen dich auf ihre schwarzen Listen. Beobachten dich heimlich. Diese Wachhunde kleinbürgerlicher Wohlanständigkeit.

Nach Polizist in Zivil sah der Mann allerdings nicht aus. Polizeibeamte tragen keine Bärte und bestenfalls schlecht sitzende, billige Anzüge. Und treten immer zu zweit auf, wenn sie eine Amtshandlung durchführen. Wie damals, als sie sein teures Teleskop konfiszierten und ihn verwarnten, weil sich diese fette, alte Frau von ihm belästigt gefühlt hatte. Als ob ihn ihre Hängebrüste interessiert hätten, wenn sie nackt in ihrer Wohnung herumlief, während er die Tiefe und Stille des Sternenhimmels erkundet hatte. Vor vielen Jahren, als er noch in einem anderen Stadtteil lebte, über dem der nächtliche Himmel klar und schwarz ist, nicht wie hier immer dunstverhangen von Verkehrsabgasen. Die Frau ist inzwischen hoffentlich tot. Gestorben wie sein Vertrauen zu Polizisten, obwohl er jetzt ja beinahe so etwas wie ein Kollege von ihnen ist.

Seit die beiden in seiner Wohnung auftauchten und er ihre peinlichen Fragen beantworten musste, kann er Polizisten förmlich riechen. Die anmaßende Selbstsicherheit und aggressive Korrektheit, die sie ausdünsten. Nein, der Mann im Hof war kein Polizist, da ist er sich ganz sicher.

Vielleicht war es doch Abdullah Sowieso. Warum sollte sich ein Soziologiestudent keinen Bart wachsen lassen und Feiertagsklamotten tragen? Hat vielleicht in der Wachdienstzentrale nach seiner Adresse gefragt. Wegen des vergessenen Notizheftes. Und dann doch im falschen Haus nach ihm gesucht. Hat sich also bewährt, dass er keine Namensschilder an der Klingelanlage und an seiner Wohnungstür angebracht hat. Er will keine Besuche. Er will seine Ruhe.

Und er will endlich seine Japanerin wieder sehen. Er richtet das Teleobjektiv auf ihr Fenster, zoomt in den Raum. Die Türen des Kleiderschranks stehen offen. Der Schrank ist leer. Der Sessel steht jetzt an einer anderen Stelle. Und das T-Shirt ist weg.

Er spürt eine stechende Hitze aus seinem Unterleib aufsteigen. Rasend wie eine Druckwelle. Sprengt ihm beinahe Brustkorb und Schädel, fällt zusammen, schießt wieder hoch. Und dann eisige Kälte. Kalter Schweiß. Zittern. Arme wie Watte und Beine wie Schaumgummi. Blutgeschmack im Mund. Hammerschläge hinter den Augen.

Er legt sich aufs Bett. Eine Horde feindlicher Gedanken fällt über ihn her. Dass sie für immer fort ist. In einer anderen Wohnung. In einer anderen Stadt. Zurückgekehrt nach Japan. Dass sie entführt wurde, vergewaltigt, ermordet. Verschleppt, gequält und zur Prostitution gezwungen. Von einem Auto überfahren. In einem See ertrunken. Vom Mönchsberg gesprungen. Oder glücklich in den Armen eines anderen Mannes. Zärtlich, gierig, ekstatisch, leidenschaftlich und hingebungsvoll wie beim Violinspiel. Ihr zarter, weißer Körper als vibrierendes Instrument der Lust. Flüsternd, seufzend, schreiend. Oder doch ertrunken? Ja, still auf dem Grund eines tiefen Wassers, für immer allen Blicken entzogen, die nicht seine Blicke sind.

Er zündet sich eine Zigarette an, holt die Schachtel mit den Fotos. Obenauf liegen die vierundzwanzig Bilder ihres T-Shirts über der Sessellehne. Er nimmt ein Foto, geht zum Fenster und fixiert das Bild mit Klebestreifen auf der Scheibe. Exakt vor der Linse seiner Kamera. Er schaut durch den Sucher, stellt die Brennweite ein. Jetzt kann er es wieder sehen: ihr Fenster und dahinter den Sessel mit ihrem T-Shirt.

So ist es in Ordnung. So will er es sehen. Bis sie wieder zurückkommt. Denn sie wird wieder zurückkommen. Alles andere darf einfach nicht wahr sein.

NEUNZEHN

Tags darauf am späten Vormittag. Die beiden jungen Polizisten mustern ihn misstrauisch, als er ihnen die Wohnungstür öffnet. Im Pyjama, verschlafen und mit zerzausten Haaren. Erst nach minutenlangem Läuten und Klopfen war er aufgewacht. Als ihm die Männer ihre Dienstmarken vors Gesicht halten, erhöht sich sein Herzschlag. Jetzt ist er hellwach.

„Kennen Sie diese junge Frau? Haben Sie die schon einmal hier gesehen?"

Ein Polizist zeigt ihm ein Foto. Ein Mädchen. Langes, schwarzes Haar. Kalkweißes Gesicht. Bläuliche Lippen. Die Augen geschlossen. Das Gesicht einer Toten.

Seine Herzschlagfrequenz erhöht sich noch einmal. Irgendwas drückt auf seinen Kehlkopf, schnürt ihm den Hals zusammen. Rotes Flimmern vor den Augen. Er zwingt sich, ruhig zu atmen. Schaut lange auf das Bild des toten Mädchens. Atmet tief durch. Der Strick um seinen Hals löst sich. Er schüttelt den Kopf.

„Nein", sagt er fast tonlos. „Nie gesehen. Wer soll das sein?"

„Das wollen wir ja von Ihnen wissen", sagt der Polizist. „Und Sie sind ganz sicher, dass Sie die Frau nicht kennen?"

„Ganz sicher. Hundertprozentig."

„Und auch sonst ist Ihnen noch nie etwas aufgefallen? Irgendwelche anderen Fixer, die sich in der Nacht hier im Hof herumtreiben?"

„Oder vielleicht Spritzen oder Nadeln auf dem Boden", ergänzt der andere Polizist.

„Tut mir Leid. Nicht dass ich wüsste. In der Nacht bin ich nicht hier. In der Nacht muss ich arbeiten."

„Und als Sie heute Morgen nachhause gekommen sind, haben Sie die Tote nicht im Hof liegen gesehen?"

Er zuckt die Schultern. „Wie gesagt, tut mir Leid. Tut mir ehrlich Leid, dass ich Ihnen nicht helfen kann."

Der Polizist steckt das Foto in eine Mappe. Der andere schreibt etwas in ein kleines Notizbuch, fragt ihn nach seinem Namen und seinem Geburtsdatum, notiert beides, klappt das Buch zu.

„Danke und schönen Tag noch."

„Schlafen Sie gut", fügt der andere hinzu und grinst.

Er sieht ihnen nach, wie sie den Flur hinuntergehen und in den Lift steigen. Dann schließt er leise die Tür. Setzt sich aufs Bett, zündet sich eine Zigarette an. An Schlaf ist jetzt ohnehin nicht mehr zu denken. Schon gar nicht mit dem Bild des toten Mädchens im Kopf. Ob die Tote ihre Augen noch offen hatte, als man sie fand? Mit einem letzten großen Erstaunen im Blick, eingefroren für immer? Oder mit ungläubigem Entsetzen? Einem dramatischen Stummfilmblick, bis ihr der Polizeiarzt die Augenlider zudrückte?

Natürlich kennt er das Mädchen. Wusste sofort, wer sie ist, als er ihr Foto sah: Die junge Prostituierte, die sich immer gleich verdrückte, wenn er ihr in seiner Wachdienstuniform über den Weg lief. Hübsches Mädchen. Hing sicher noch nicht lange an der Nadel. So ein Ende hätte er ihr nicht gewünscht.

Erstaunlich, dass so etwas erst jetzt passierte. Der Innenhof ist ein idealer Ort, um sich in aller Ruhe eine Schuss zu setzen. Und das Bahnhofsviertel ist hier wie in jeder Stadt das klassische Revier der kleinen Süchtigen und der kleinen Dealer. Und der armen Schweine, die für ihre tägliche Dosis Träume ihre Haut zu Markte tragen müssen. Und dafür nicht lässig mit dicken Geldbündeln aus der Hosentasche bezahlen, wie die Edelkokser auf den Festspielparties. Er hat ja gesehen, was da abläuft bei den Societyjunkies in ihren Edelkarossen, als er kurz nach seiner Wachdiensteinschulung als Privatparkplatzwächter eingesetzt worden ist. Kaum zu glauben, wie viel unverschämter Luxus sich bei sol-

chen Festen auf einen Promihaufen zu-
sammenballt. Luxusautos, Luxusmarken,
Luxusuhren, Luxusweiber, Luxusdealer,
Luxusdrogen. Und die Polizei tut so, als
wüsste sie von nichts. Hat vielleicht sogar
selber die Finger drin. Also, warum sollte er
ihr jetzt dabei helfen, diesen Fall aufzuklä-
ren? Ausgerechnet er.

Im ersten Moment wäre er ja beinahe in
Panik geraten. Nicht auszudenken, wie er
reagiert hätte, wäre die Tote auf dem Foto
seine Japanerin gewesen. Wahrscheinlich
hätte er vor den Augen der beiden Polizisten durchgedreht. Und dann wären sie in
seine Wohnung eingedrungen und hätten
die Kamera vorm Fenster entdeckt und das
Bild mit dem T-Shirt und all die anderen
Fotos und hätten ihm alles weggenommen.

Er muss vorsichtiger sein. Er löst das T-
Shirt-Foto von der Fensterscheibe, legt es
wieder in die Schachtel zu den anderen
Bildern, sucht einen Platz, an dem er die
Schachtel verstecken kann.

Unter den Handtüchern im Schrank?
Hinter dem Spülkasten? An der Unterseite
der Tischplatte? Zwischen Matratze und
Lattenrost? Er hat keine große Auswahl in
seiner Wohnung. Schließlich trennt er vorsichtig die Innennaht eines alten Jacketts
ein wenig auf, nimmt die Fotos aus der
Schachtel, schiebt sie einzeln unter das
Innenfutter, näht die kleine Öffnung wieder

möglichst sorgfältig zu und hängt das Jackett zurück in den Schrank.

Die Schachtel zerreißt er in kleine Stücke und wirft sie in den Mülleimer. Ebenso gut hätte er auch die Fotos zerreißen, wegwerfen oder verbrennen können. Aber das wäre ihm vorgekommen, als würde er die Hoffnung endgültig begraben, seine Japanerin wiederzusehen. Deshalb muss er auch die Kamera stehen lassen, das Teleobjektiv erwartungsvoll auf ihr Fenster gerichtet. Er darf diese Brücke, über die sie vielleicht schon im nächsten Augenblick wieder zu ihm kommen könnte, nicht abbrechen.

Er legt sich aufs Bett, schließt die Augen. Die zarte, weiße Gestalt der Japanerin kommt auf ihn zu. Langsam zieht sie ihr T-Shirt aus und streckt ihm die Arme entgegen. Die Innenseiten ihrer Unterarme sind übersät mit Einstichen, blutunterlaufen und eitrig. Ihre Lippen sind blassblau, ihre Augen geschlossen.

Er muss sich übergeben.

ACHTZEHN

Sie ist viel größer als seine Japanerin, hat größere Brüste, die sogar unter dem weiten, grob gestrickten Pullover zu erkennen sind, und auch ihre Augen sind größer. Seit er sie heute früh das erste Mal sah, beobachtet er sie durch das Teleobjektiv, verfolgt seit Stunden schon jede ihrer Bewegungen.

Es kommt ihm vor, als bemühte sich diese fremde junge Frau mit allen Mitteln, sämtliche Spuren der Japanerin verschwinden zu lassen. Sie putzt das Fenster, wischt mehrmals den Boden mit einem nassen Tuch auf, das sie immer wieder in einen Eimer mit einer schäumenden Flüssigkeit taucht, steigt auf den Sessel und kehrt mit einem Handbesen die Wände ab, stellt die Möbel um. Der Notenständer verschwindet, Tisch und Stuhl werden ans Fenster gerückt, ein Teppich wird durch die Tür gezerrt und auf dem Boden ausgerollt, die Teile eines einfachen Bücherregals werden hereingeschleppt, mit wenigen, geschickten Handgriffen zusammengebaut und neben dem Kleiderschrank aufgestellt, ein sandfarbenes Tuch wird auf den Tisch gelegt und sorgfältig zurechtgezogen. Und als die Frau in die hinteren Räume verschwindet, wünscht er sich eine Wunderkamera, mit der man durch Wände sehen kann.

Er verlässt seinen Beobachtungsposten. Seine Augen brennen, sein Nacken ist steif. Und er ist fassungslos, perplex. Darüber, dass er sich wie ein Kind fühlt, das so lange seinem davongeflogenen Luftballon nachweint, bis es einen neuen, schöneren, größeren geschenkt bekommt. Und weiß Gott, diese neue junge Frau ist schön!

Märchenhaft schön. Trotz ihrem hässlichen, in die Stirn gezogenen Kopftuch und ihrem Schlabberpullover. Dabei könnte er gar nicht sagen, was sie so schön macht. Nichts Spezielles, einfach alles. Oder die Harmonie zwischen allem. Der Fluss ihrer Bewegungen. Die unangestrengte Selbstverständlichkeit, mit der sie tut, was zu tun ist. Die Aufmerksamkeit, die sie jedem Handgriff und jedem Gegenstand widmet. Sorgsam. Liebevoll. Mütterlich.

Hände, denen man sich anvertrauen möchte. Ein Gesicht, das Zuwendung und Zärtlichkeit verspricht. Brüste, zwischen denen man gerne seinen Kopf verbergen würde. Ein Körper, von dem man sich wünscht, er hätte einen in sich getragen und geboren. Und der sich dann später immer wieder öffnet, um einen in sich einzulassen, aufzunehmen.

Er geht in die Küche und wäscht das Geschirr ab, das sich seit zwei Wochen im Spülbecken stapelt. Er putzt den Kühlschrank und wirft die vergammelten Wurst- und Käsereste in den Abfallkübel. Er schrubbt die paar Quadratmeter seines Küchenbodens mit einer Handbürste und einem scharfen Reinigungsmittel. Dann macht er sich über die Duschecke her, die Armaturen, die Fliesen, das mit gelbbraunen Schlieren überzogene Emailbecken. Danach über die Klomuschel, über die Reste von Urinstein und die eingetrockneten Spuren seiner letzten Durchfallattacke. Er macht Jagd auf die Silberfischchen, nur zwei können dem unerwarteten Sauberkeitsangriff entkommen und sich hinter dem Spülkasten in Sicherheit bringen. Er kriecht auf allen Vieren durchs Zimmer und entfernt mit dem Staubsauger die Flechten von Haarresten, Hautschuppen, Spinnweben und Staub, die sich in den Ecken, unter den wenigen Möbelstücken und vor allem unter dem Bett angesammelt haben. Er trägt zwei übervolle Aschenbecher in die Toilette, kippt die Stummel in die Klomuschel, drückt die Spülung, einmal, zweimal, dreimal, schaut zu, wie die Zigarettenfilter aufquellen und langsam im Kreis schwimmen und sich hartnäckig weigern, im Abflussrohr zu verschwinden. Etwas bleibt immer, denkt er. Egal, was du tust, irgendwas kommt immer wieder hoch.

Er zieht sich aus und steckt die verschwitzte Wäsche zu den anderen verschwitzten Kleidungsstücken in die Reisetasche, in der er sie einmal im Monat zur Münzwäscherei trägt. Er schaut an sich herunter. Er mag ihn nicht, diesen weichen, blassen, rötlich behaarten, verschwitzten Körper. Ekelhafter Raupenkörper, denkt er. Musst wohl erst an deiner Asbestlunge krepieren, damit du ein Schmetterling wirst.

Er geht unter die Dusche, seift sich ein, wäscht sich, bleibt unter dem warmen Wasserstrahl stehen. Denkt an die kleine Japanerin, denkt an das tote Mädchen im Hof, denkt an die junge Frau gegenüber. Sieht Finger über die Saiten einer Violine gleiten, sieht Finger über eine pulsierende Vene tasten, sieht Hände mit sicherem Griff zupacken. Lässt seine Hände nach unten gleiten über den Bauch zu seinem Glied, streichelt es, massiert es, quetscht und zerrt an ihm herum mit der Verzweiflung eines Gelähmten, der auf ein Wunder hofft.

Er zieht seinen Bademantel an und geht wieder zum Fenster. Zoomt durch den Vorhangspalt. Die junge Frau steht am Tisch und ordnet irgendwelche Papiere. Sie hat inzwischen ihre Kleidung gewechselt. Trägt einen weiten, grauen Überhang, der nur ihr

Gesicht und ihre Hände frei lässt. Wie eine Nonne im Mittelalter, denkt er. Wie eine heilige Sankt Irgendwie.

Er denkt nach, dann fällt es ihm ein: Dschador. Dieses Gewand heißt Dschador. Die traditionelle Kleidung der Moslemfrauen. Hat er erst kürzlich gelesen. In einem der Hintergrundberichte über den Terroranschlag.

Ihr Körper ist völlig verhüllt. Nicht einmal ihre großen Brüste kann man erkennen. Diese Moslems wissen, wie sie ihre Frauen den Blicken fremder Männer entziehen, denkt er. Recht haben sie. Sie wissen nämlich ganz genau, was sich sonst in den Köpfen der Männer abspielen würde. Noch dazu, wenn die Frauen so aussehen wie diese Leila oder Sarah oder Fatima da drüben.

Er beschließt, dass sie Fatima heißt. Keine Ahnung, warum. Einfach so. Fatima gefällt ihm am besten. Er zoomt auf ihr Gesicht. Sie hebt den Kopf und blickt in seine Richtung. Schaut ihm in die Augen, obwohl sie ihn nicht sehen kann. Tiefdunkle Augen unter dichten, schön geschwungenen Brauen. Er hält ihrem Blick stand, nach ein paar Sekunden senkt sie wieder ihren Kopf.

Das wird ja immer besser, denkt er. Zuerst eine unschuldige Japanerin im T-Shirt. Und jetzt eine schüchterne Fatima in einem Dschador. Er stellt sich vor, dass sie darunter nackt ist.

SIEBZEHN

Ja, Mama. Nein, Mama. Ich weiß, Mama.
Selbstverständlich, Mama. Nein, Mama.
Entschuldige, Mama. Natürlich, Mama. Ja,
Mama. Das wollte ich nicht, Mama. Ver-
zeih, Mama. Nein, Mama. Ja, Mama.

Er sitzt am Bett seiner Mutter und schaut
gebannt auf die sämige, weiße Flüssigkeit,
die ihr vom Kinn tropft, sich in einer tiefen
Falte am Hals ein Bachbett sucht, zwischen
den Schlüsselbeinen einen kleinen Stausee
bildet und von dort langsam weiter rinnt
unter den Saum ihres Nachthemdes, um
irgendwo in der Tiefe zwischen ihren großen
Brüsten zu versickern. An ihren Mundwinkeln und auf der Unterlippe kleben kleine
milchweiße Tropfen. Die dicke Flüssigkeit
tropft und stockt und versickert und bildet
dunkle, feuchte Flecken im Baumwollstoff
ihres Nachthemdes über den Brüsten. Er
weiß nicht, ob sie dieses feuchte, klebrige
Gefühl auf ihrer Haut nicht bemerkt, oder
ob sie es vielleicht sogar genießt.

Ihre Augen sind lustvoll zu schmalen
Schlitzen verengt, fast geschlossen, während sie Joghurt aus einem Viertelliterbe-
cher löffelt. Den Becher hält sie in der lin-

ken Hand zwischen Daumen und Mittelfinger, den Löffel in der rechten zwischen Daumen und Zeigefinger, die übrigen Finger hat sie vorsichtig abgespreizt, um ihre frisch lackierten Fingernägel nicht zu gefährden. Schnell und gierig führt sie den Löffel vom Becher zum Mund, verliert dabei jedes Mal die Hälfte des Löffelinhaltes, tropft, spritzt und kleckert sich voll, begleitet von schwelgerischem Schmatzen und Seufzen.

Er würde ihr gern mit einer Serviette das milchige Zeug vom Kinn wischen, vom Hals und vom Dekolleté; aber sie wehrt ihn sofort empört ab, dreht sich zur Seite, als sich seine Hände ihrem Mund und ihrem Busen nähern. Schlüge ihm vermutlich am liebsten ins Gesicht, wenn sie eine Hand frei hätte.

Verzeih, Mama. Ich weiß, Mama. Nein, Mama. Ganz sicher nicht, Mama. Bitte, glaub mir, Mama. Das war nicht meine Absicht, Mama. Das würde mir doch nie einfallen, nicht einmal im Traum, Mama. Niemals würde ich so was machen, Mama. Nein, Mama, ich hab Tante Christl nicht im Badezimmer beobachtet, Mama. Die Tür war nur zufällig einen Spalt offen. Und ich bin auch nur ganz zufällig vor der Tür gestanden, Mama. Ich hab gar nicht gewusst, dass Tante Christl in der Badewanne sitzt. Ich hab auch gar nichts gesehen, Mama.

Ich schwör's, Mama. Ja, Mama, der Herr Pfarrer hat auch gesagt, dass das eine Todsünde ist. Weil der Körper des Menschen etwas Heiliges ist, ich weiß, Mama. So wie früher du und Papa, ja, Mama. Nein, du musst dich nicht für mich schämen, Mama. Ja, Mama. Danke, Mama. Ich hab dich auch lieb, Mama. Bis morgen, Mama.

Er beugt sich über sie und will ihr zum Abschied einen Kuss auf die Wange drücken. Ihre Augen werden klein und böse, schroff stößt sie ihren Ellbogen gegen seinen Magen. Er weicht zurück, und im Aufstehen streift er mit seiner rechten Hand langsam über ihre Brüste. Wie zufällig, unabsichtlich und nur aus Versehen.

Seit er weiß, dass die Japanerin für immer aus der Wohnung gegenüber verschwunden ist, hat er keinen Grund mehr, morgens nach seiner Arbeit möglichst schnell nachhause zu kommen. Fatima wird er ohnehin nie nackt sehen, das ist ihm klar. Doch irgendwie, er weiß nicht warum, findet er es sogar befreiend, dass sich ihr Körper seinen Blicken entzieht.

Leberwurst, Schimmelkäse, Schwarzbrot, ein paar Flaschen Bier, Thunfischkonserven, Raviolidosen, zwei Tafeln Schokolade, Kartoffelchips, Toilettepapier. Er schiebt seinen Einkaufswagen durch die engen Gänge des

Supermarktes. Kaum zu glauben, wie viele Leute so früh am Tag schon einkaufen. Lauter Frauen, die ihre Einkaufswagen mit frischem Obst und Gemüse und Buttermilchpackungen und Mineralwasserflaschen und in Folien eingeschweißten, mageren Fleischstücken und Schachteln mit Vollkornmüsli und Biokeksen und einer Menge anderen gesunden Dingen beladen. Er schämt sich fast, wenn er die ironischen Blicke sieht, die sie auf den Inhalt seines Wagens werfen. Typisch Mann. Nicht die geringste Ahnung von gesunder Ernährung. Entweder zu blöd, oder er kann sich's nicht leisten. Nur die Hoffnung, dass sie wenigstens vor seiner Uniform ein bisschen Respekt haben könnten, hindert ihn daran, vor diesen eloquenten, selbstbewussten Frauen augenblicklich im Boden zu versinken.

Mit gesenktem Kopf schiebt er seinen Einkaufswagen an den Regalen entlang, dirigiert ihn mit quietschenden Rädern um eine Ecke und prallt gegen einen entgegenkommenden Wagen. Er murmelt „Verzeihung", zieht seinen Wagen zurück, blickt auf, sieht zwei große, dunkle Augen, die ihn ungerührt anschauen, und spürt, wie ihm augenblicklich das Blut in den Kopf schießt wie einem pubertierenden Knaben. Es ist Fatima. Sie senkt sofort wieder den Kopf, schiebt ihren Wagen an ihm vorbei und verschwindet im nächsten Gang.

Jetzt würde er eine Zigarette brauchen. Wenigstens ein paar Züge, um sich zu beruhigen. Er atmet tief durch, lässt seinen Wagen stehen und macht ein paar schnelle Schritte um das Regal. Da steht sie. Fatima vor Waschpulverpackungen, Weichspülern, Wollwaschmitteln und Entkalkertabs. Fatima in Jeans, Tennisschuhen und einem weiten, dunkelblauen Sweatshirt. Ohne ihr eng um Kopf und Hals gebundenes Tuch hätte er sie wohl gar nicht wiedererkannt.

Er geht ihr nach. Hält immer ein paar Meter Abstand. Tut so, als würde er irgendein Produkt suchen, nimmt Packungen aus den Regalen, liest Gebrauchsanweisungen und Dosierungsvorschriften und beobachtet dabei Fatima aus den Augenwinkeln. Vorsicht, ätzend. Nicht in Reichweite von Kindern aufbewahren. Warum kleidet sie sich so? Weshalb trägt sie nicht ihren Dschador? Wieso passt sie sich unserer westlichen Mode an? Enthält kationische Tenside, Duft-, Farb- und Hilfsstoffe, außerdem Konservierungsmittel. Eine Messkappe reicht für fünf Kilogramm Trockenwäsche. Aus Taktik, um nicht aufzufallen? Mimikry? Zeigt sie ein wenig Körper, um ihn so nur noch besser zu verstecken? Wie man ja angeblich etwas, was man gut verbergen will, am besten offen auf den Tisch legt, weil dort niemand danach sucht? Weil sie im Dschador bei uns auffallen würde

wie eine Frau im Bikini am Nacktbade-
strand? Weil zu viel Verhüllung in unserer
exhibitionistischen Körperkultwelt erst
recht Aufmerksamkeit erregen würde? Reizt
die Augen und die Haut. Bei Berührung mit
den Augen gründlich mit Wasser abspülen
und Arzt konsultieren. Lässt sie den Reiz
ihres Körpers erahnen, weil wir ohnehin
schon gegenüber allen Reizen abgestumpft
sind? Zeigt sie, wofür sich niemand mehr
interessiert? Biologisch abbaubar. Große
Mengen bitte als Sonderabfall entsorgen.

Sein Verlangen nach einer Zigarette
wächst. Nichts wie raus hier. Er schiebt
seinen Einkaufswagen weiter und stellt sich
in die lange Reihe an der Kassa. Auf dem
Fließband türmen sich die Waren. Eine
unausgeschlafene Kassiererin zieht träge
die Preisetiketten über den Scanner. Vor
der Kassa steht zwischen Aufstellern mit
Minischokoriegeln, kleinen Magenbitterfla-
schen, Kaugummipackungen und Pfeffer-
minzdrops ein Zeitungsständer.

Auf allen Titelseiten schon wieder die
Schlagzeilen des Grauens: Wieder ein
Selbstmordattentat. Wieder hunderte Tote
und Verletzte. Wieder die Schreckensbilder
des Heiligen Krieges. Diesmal mitten in einem Touristenzentrum an der griechischen
Küste.

Er nimmt eine Zeitung und blättert darin,
während er seinen Einkaufswagen langsam

weiter schiebt. Die gleichen Bilder, die gleichen Beschreibungen. Das furchtbare Perpetuum mobile des Hasses. Doch er spürt, dass es ihn eigentlich schon kalt lässt, wie alles, dessen man überdrüssig wird, weil man es ohnehin nicht ändern kann.

Er schaut sich die Bilder der Terroristen an. Sechs Männer, vier davon sehen aus wie Abdullah Sowieso. Und während er irgendwas über Autobomben und Sprengstoffgürtel liest, bemerkt er, dass sich von hinten ein Körper an ihn drückt, angeschoben von der Menschenschlange, die ungeduldig nach vorne drängt. Er spürt heißen Atem im Nacken und große, weiche Brüste, die sich an seinen Rücken pressen, nur einen Augenblick lang.

Er blickt sich um. Es ist Fatima, die ihren Einkaufswagen hinter sich herzieht und sich jetzt mit einer Hand gegen das Wrigleyregal stemmt, um Abstand zu halten, und gleich darauf noch einmal gegen ihn gedrängt wird.

Und er schaut auf das Bild in der Zeitung, auf das eingestürzte Hotel und die Leichen zwischen den Trümmern, und er spürt den Druck ihrer Brüste im Rücken, und er schließt die Augen.

Und plötzlich sind sie wieder da: Der alte gute Geruch von Staub und Schutt und die Hitze. Das Glühen und lustvoll prickelnde Brennen auf der Haut. Schließlich dieses

erregende Gefühl der Stille, das ihn durch-
strömt und ihm Wellen wohliger Schauer
über den Rücken jagt und sich in ihm aus-
zubreiten versucht, mitten im Lautspre-
chergeplärr aus Werbedurchsagen, Sonder-
angebotshinweisen und öliger Discomusik
aus den Siebzigerjahren.

SECHZEHN

Wenn er es sich recht überlegt, sehen sogar alle sechs abgebildeten Terroristen aus wie Abdullah Sowieso. Und auch der Mann, der sich seit einer Stunde in Fatimas Wohnung zu schaffen macht, sieht so aus. Jetzt allerdings nur mit Oberlippen- und Kinnbart, die Haare millimeterkurz geschoren. Abdullah Sowieso, der Mann mit den hundert Gesichtern, hinter denen sich nur ein einziges verbirgt. Abdullah Sowieso, bloß mit knielangen Shorts bekleidet. Das hat ihm gerade noch gefehlt. Ein halbnackter Mann, der vor der Linse seiner Kamera herumläuft. Ein dürrer Araber mit dicht behaarter Brust. Es ist zum Verzweifeln. Vielleicht lässt er sogar noch seine Hosen fallen, um ihm das letzte Quäntchen Lust auszutreiben.

Was hat der Mann überhaupt in dieser Wohnung zu suchen? In die Luft gesprengt hat er sich jedenfalls nicht. Wäre allerdings besser gewesen. Ein Mann an Fatimas Seite stört ihn gewaltig. Auch wenn der nur ein harmloser Soziologiestudent sein sollte. Er will sie für sich haben, für sich ganz allein. Seine heilige, schüchterne, mütterliche Fatima mit den großen, weichen Brüsten, al-

len Blicken verborgen unter weiten Pullo-
vern oder Sweatshirts oder Dschadors.

Doch jetzt schleppt Abdullah Sowieso
oder Werauchimmer zwei Koffer ins Zimmer
und verstaut ihren Inhalt im Kleiderschrank und auf dem Regal. Scheint sich
wohnlich niederlassen zu wollen. Macht
sich breit, okkupiert den Raum herange-
zoomter Intimität. Setzt sich wie ein Fett-
fleck ins Bild.

Er schwenkt die Kamera nach unten. Die
ehemalige Abtreibungspraxis steht leer.
Vielleicht riechen die frisch gestrichenen
Räume noch immer nach Lysoform, deshalb will niemand in ihnen wohnen. Auch
der Hof ist leer. Friedhofsruhe. Nicht einmal Kondome liegen in den Ecken. Als würde der Geist der toten Fixerin die nächtlichen Besucher abschrecken. Dabei sieht
man von ihr nur mehr die mit weißem
Farbspray markierten Konturen ihres Körpers am grauen Asphalt. Das ist mehr, als
von den meisten Toten bleibt, denkt er. Im
Spital werden Betten von Verstorbenen einfach mit frischen Leintüchern bezogen, und
schon sind ihre Spuren getilgt. Und wer in
die Luft gesprengt wird, löst sich sofort in
tausend Puzzleteilchen auf. In ein Geduld-
spiel für Gerichtspathologen.

Wenn sein Teleobjektiv ein Lasergerät
wäre, könnte er Abdullah Sowieso augenblicklich in eine Million Puzzleteilchen zer-

legen. Ihn atomisieren und wegpusten. In alle Winde zerstreuen. Fort aus dieser Wohnung, in welcher der Typ nichts verloren hat und jetzt trotzdem hinterm Fenster steht und eine Nummer in sein Handy tippt und dauernd zu seinem Fenster herüber glotzt, während er telefoniert. Fort aus ihrer Wohnung, in der Fatima jetzt endlich auftaucht und Abdullah Sowieso ein Hemd zuwirft, das der mit mürrischem Gesicht umständlich anzieht, das Handy krampfhaft zwischen Schulter und Ohr geklemmt. Fort aus ihrer Wohnung, in der Abdullah Sowieso Fatima wütende Blicke zuwirft und danach den Raum verlässt.

Wie ein altes Ehepaar, denkt er. Wie ein uraltes, zerstrittenes Ehepaar. Dabei sind die beiden vermutlich noch nicht einmal dreißig. Abdullah Sowieso kommt wieder ins Zimmer, schmeißt die Türe zu und redet wild gestikulierend auf Fatima ein. Sie steht ruhig am Fenster, trinkt Wasser aus einer Plastikflasche und antwortet immer nur kurz.

Es ist wie eine Stummfilmszene. Er versucht, die Worte von ihren Lippen abzulesen. Aber er bekommt keinen Synchrontext zusammen: unverständliche Mundbewegungen in einer fremden Sprache. Er stellt sich ihre Stimme vor. Leise, melodisch, weich. Sanft und ruhig wie sie selbst. Und immer leiser, je heftiger Abdullah Sowieso auf sie einredet. Jetzt reißt er ihr die Wasserflasche aus der Hand und schleudert sie auf den Boden. Packt Fatima an den Schultern, schüttelt sie, lässt sie wieder los, packt sie abermals.

Was, zum Teufel, macht dieses Arschloch mit ihr? Dieser verdammte Kerl soll gefälligst seine Finger von ihr lassen! Gnade ihm Gott, wenn er ihr etwas antut! Eigenhändig wird er ihm seine dreckigen Pfoten abhacken. So macht man das ja bei den Moslems, oder?

Er fährt seine Blicke wie Tentakel aus, lange Greifarme, die sich an Abdullah Sowieso festsaugen und ihn von Fatima wegreißen wollen. In seinem Kopf schrillt eine Alarmglocke! In seinem Kopf pocht und hämmert es!

Nein, nicht in seinem Kopf. Das Läuten und Pochen und Hämmern kommt von draußen, von seiner Wohnungstür.

„Ruhe, verflucht noch einmal!" brüllt er.

Das Hämmern hört nicht auf.

„Aufmachen! Polizei!"

Er zuckt zusammen. Als hätte er einen Faustschlag in die Magengrube bekommen.

„Einen Augenblick, bitte. Ich muss mir erst etwas anziehen!"

Er packt das Stativ mit der Kamera und wirft es aufs Bett. Zieht seine Uniform aus, breitet sie über die Kamera, bedeckt alles mit Kissen, breitet die Bettdecke darüber, zieht seinen Bademantel an, zerzaust sich die Haare und öffnet die Tür. Draußen stehen die beiden jungen Polizisten.

„Sie schon wieder. Was wollen Sie?"

„Guten Tag. Würden Sie uns bitte hereinlassen."

Die Beamten sind die Förmlichkeit in Person. Sie betreten den kleinen Vorraum.

„Haben wir Sie wieder geweckt?", grinst der erste Polizist und wirft einen Blick aufs Bett. „Oh, Sie sind wohl nicht allein?"

Er schließt leise die Zimmertür.

„Ich bin nie allein. Um was geht's?"

„Um die Tote im Hof. Für unsere Ermittlungen brauchen wir jetzt von allen männlichen Hausbewohnern Genmaterial. Oder haben Sie etwas einzuwenden gegen einen DNA-Vergleich mit den Spermaspuren, die in der Leiche gefunden wurden?"

„Soll das heißen, Sie wollen Sperma von mir? Jetzt gleich?"

„Danke, nein. Ein Mundhöhlenabstrich genügt uns völlig. Sie kennen das doch sicher aus den Krimis im Fernsehen, oder?

„Geht ganz schnell. Tut auch gar nicht weh", fügt der zweite Polizist hinzu.

„Gut, wenn's unbedingt sein muss."

Mit einem unbehaglichen Gefühl beobachtet er, wie der erste Polizist eine Plastikbox aus seiner Aktentasche nimmt, sie seinem Kollegen reicht und sich dann Latexhandschuhe überzieht. Es sieht so aus, als verschwänden alle zehn Finger in hauchdünnen Präservativen. Dann nehmen fünf Präservativfinger ein Stäbchen mit einem Wattebausch aus der Box.

„Mund auf."

Das Wattestäbchen gleitet in seiner Mundhöhle kurz über die Wangenschleimhaut und landet dann in einem Glasröhrchen, das die anderen fünf Präservativfinger bereithalten.

„Das war's auch schon. Danke."

Er sieht, wie der zweite Polizist das Röhrchen verschließt, ein Etikett draufklebt, es mit einem Filzstift beschriftet und dann in die Box zu anderen Röhrchen legt. Eine lächerliche Sammlung männlicher Gene, die vermutlich nicht einmal dem Bruchteil eines durchschnittlichen Wochenverbrauchs einer halbwegs geschäftstüchtigen Prostituierten entspricht, denkt er.

„Schönen Tag noch", sagt der Polizist und rollt langsam die Handschuhe von seinen Fingern.

„Schlafen Sie gut. Beziehungsweise viel Spaß bei dem, was Sie jetzt noch vorhaben", grinst der andere und deutet mit dem Kinn in Richtung Zimmer.

Die Polizisten verlassen seine Wohnung und läuten an der Tür gegenüber. Zwei junge Männer öffnen. Er hat sie bisher noch nie gesehen. Schauen aus wie Schwule, denkt er.

Er geht ins Badezimmer, spült sich den Mund aus, zündet sich eine Zigarette an. Scheißpolizei. Scheißkriminalbeamte, die einen nicht in Ruhe lassen. Die anständigen Bürgern in den Mund greifen, statt sich um Typen wie Abdullah Sowieso zu kümmern, der in der Zwischenzeit Fatima vielleicht wer weiß was angetan hat.

Er holt Stativ und Kamera aus dem Bett und baut sie wieder vor dem Fenster auf. Zoomt hinüber.

Kein Mensch zu sehen. Alles ruhig. Die Wasserflasche steht auf dem Tisch. In ihr steckt eine langstielige rote Rose.

Er schläft sehr schlecht an diesem schwülen Spätvormittag.

FÜNFZEHN

Mit dem Mann, der in der Früh mit ihm im Aufzug nach oben fährt, möchte er sich lieber nicht anlegen. Ein Zuhälter wie aus dem Lehrbuch der Vorurteile. Zwei Meter groß, Haare bis zu den Schultern, grün-violett gemusterter Jogginganzug, dicke Goldhalskette, Rolex, vermutlich sogar echt, Hände wie Schaufeln. Neben ihm sein vierbeiniger Zwillingsbruder, zähnefletschend, sabbernd und knurrend. Eine gegen Menschen abgerichtete Beißmaschine. Mann und Hund: die geballte Aggressivität auf sechs Beinen.

Er steigt aus. Pitbull und Zuhälter fahren ein Stockwerk höher. Eine Minute später hört er in der Wohnung über ihm die Türen knallen. Und dann fängt das Vieh zu bellen an. Bellt und jault und winselt und kläfft eine halbe Stunde lang, bis es plötzlich nicht mehr kann oder von seinem menschlichen Alter Ego eins auf die Schnauze bekommt. Doch nach zwanzig Minuten geht die Kläfferei wieder los.

Er wünscht sich jetzt fast das Kindergeschrei und die verzweifelten Schimpftiraden der jungen Bosnierin zurück, die ihm früher den Schlaf geraubt hatten, bis sie die

Miete nicht mehr bezahlen konnte und samt ihren brüllenden Bälgern aus der Wohnung geschmissen wurde. Da konnte er wenigstens noch hinaufgehen und sie mit seiner Uniform einschüchtern. Dann war für einige Zeit Ruhe. Aber wie soll er sich gegen diesen neuen Mieter zur Wehr setzen? Einem Zuhälter die Hausordnung unter die Nase halten, in der das Halten von Hunden in den Wohnungen ausdrücklich verboten ist? Und sich damit ein blaues Auge einhandeln oder ein paar gebrochenen Rippen? Oder den Pitbull auf den Hals gehetzt bekommen? Die Polizei rufen? Sinnlos. So eine Anzeige landet doch mit Sicherheit auf dem Tisch eines Beamten, der seinen Freundschaftstarif im Puff nicht riskieren will.

Er fragt sich, was dieses rustikalbrutale Exemplar der sich sonst mit gesellschaftlichem Nobeltouch tarnenden Salzburger Unterwelt überhaupt dazu veranlasst, in so einer schäbigen Einzimmerwohnung zu hausen, statt wie üblich in einem altehrwürdigen Herrschaftssitz mit Barockmöbeln und Hirschgeweihen an den Wänden. Der subkutane Allerweltscharme des heruntergekommenen Bahnhofsviertels kann es ja wohl nicht sein. Vielleicht ist die Wohnung auch nur ein vorübergehender Unterschlupf, und die Angelegenheit ist in ein paar Tagen ausgestanden.

Jedenfalls kein Grund, sich eine andere Wohnung zu suchen. Wäre auch gar nicht möglich bei dem, was er verdient. Außerdem will er von hier nicht weg. Alle Köter dieser Welt mit ihrem Kläffen und Jaulen werden ihn nicht aus seiner Wohnung vertreiben. Würde er diese Wohnung aufgeben, dann gäbe er das Wichtigste auf: die Möglichkeit, Fatima zu sehen. Die einzige Perspektive, die er noch hat.

Er kann sich ja nicht darauf verlassen, dass er sie zufällig wieder einmal außerhalb ihrer Wohnung sieht. Wie vor zwei Tagen im Supermarkt. Oder gestern in der Getreidegasse, wo sie plötzlich vor ihm stand und ihn mit einem verlegenen Lächeln kurz ansah, ehe sie im dichten Menschengewühl untertauchte. Keine Chance, sie wieder zu finden unter all den Touristen, die sich schnatternd zwischen den Modegeschäften und Fressläden und Souvenirshops durch die enge Gasse schoben und vor Mozarts Geburtshaus einen undurchdringlichen Menschenstau bildeten.

Und was hätte er getan, wenn er sie doch wiedergefunden hätte? Mit schwitzenden Händen und einem trockenen Kloß im Hals wäre er ihr nachgegangen, sonst nichts. Hätte auf irgendwas gehofft, ohne zu wissen, worauf. Hätte vor irgendwas Angst gehabt, ohne zu wissen, wovor. Hätte irgendwas gespürt, ohne zu wissen, was. Hätte

sich in sich zusammengezogen und gleichzeitig im Raum aufgelöst. Wäre erfroren
und verbrannt. Erstarrt und zerfallen. Hätte sie ganz nah an sich herangezoomt, ohne
auf den Auslöser drücken zu können. Kein
Klicken. Kein Flash vor der Stille.

Die Kläffmaschine hat einen Gang zuge-
legt. Sie bellt nicht nur, sie rast durchs
Zimmer, springt gegen Türen, wirft Möbel-
stücke um, scharrt und kratzt mit ihren
Krallen über den Holzboden. Als wollte sie
sich durch die Zimmerdecke zu ihm hinunter graben. Durchwühlen bis zu seinen
Nerven, um sie dann einzeln aus ihm her-
auszuzerren. Dazwischen hört er die Kom-
mandostimme des menschlichen Pitbulls:
„Guter Hund! Braver Hund! Und such! Und
fass! Und laut!" Die Bestie kläfft auf Befehl.
Die Bestie jault auf Befehl. Die Bestie winselt auf Befehl. Und wenn sie keinen Befehl
erhält, bellt sie einfach so.

Irgendwann muss der Köter doch müde
werden, hofft er. Irgendwann sich in eine
Ecke verkriechen, um von Beinen und Keh-
len zu träumen, in die er sich verbeißen
kann. Blutrünstige Zuhälterhundeträume.
Rückzug ins Unterweltparadies, in dem alle
Menschen Freiwild sind.

Hunde schlafen auch am Tag. Also wird
er sich nach dem Hund richten. Wird schlafen, wenn der Hund schläft. Wird sich seinen Tag neu einteilen. In Hundeschlafzei-

ten, Hundefresszeiten, Hundescheißzeiten und Wachhundezeiten am Teleobjektiv. Genau so wird er es machen. Wie ein treuer Hund wird er über Fatima wachen. Ein pflichtbewusster Wachdienstwachhund.

Nein, er wird sich nicht vertreiben lassen. Und wenn er es überhaupt nicht mehr aushält, kann er immer noch im Gang oben vor der Wohnung Giftköder auslegen.

VIERZEHN

Abdullah Sowieso eins und Abdullah Sowieso zwei. Seit über einer Stunde stehen
sie jetzt schon in der türkischen Imbissbude vor der Tür zur Männertoilette und reden miteinander. Je länger er die beiden
von seinem Tisch aus beobachtet, desto
weniger kann er sie voneinander unter-
scheiden: gleiche kurze Haare, gleiche Bärte, gleiche Handbewegungen. Und ihre
Sprache hört sich für ihn ohnehin an wie
eine chaotische Mischung von aufgeregtem
Räuspern, Lallen und Husten.

Nach dem vierten Döner und zwölf Glä-
sern Raki ist er endlich benebelt genug, um
sich zu überwinden. Er steht auf und steu-
ert leicht schwankend auf die beiden Abdullahs zu. Peinlich genug, zwei Männer vor der
Klotüre anzusprechen. Aber es muss sein.
Jetzt will er es wissen. Die Abdullahs treten
höflich zur Seite, als er sich ihnen nähert.
Einer macht ihm sogar die Tür auf. Also erst
einmal aufs Pissoir. Nötig hat er es sowieso.

Mit der linken Hand an die Wand ge-
stützt, lehnt er vornübergebeugt über dem
Pissbecken und versucht, den Raki wieder
loszuwerden. Das dauert. Und immer wie-

der kommen noch ein paar Tröpfchen nach. Da ist äußerste Konzentration gefordert, damit nichts auf der Uniformhose landet. Präzisionsarbeit ist das. Dafür braucht man Fingerspitzengefühl. Wie beim Einführen der Dynamitstangen in die Sprenglöcher. Da musst du auch eine ruhige Hand haben. Darfst dich durch nichts ablenken lassen.

So brabbelt er vor sich hin und merkt gar nicht, dass die beiden Abdullahs schon eine Zeit lang neben ihm an den Pissbecken stehen, ihn grinsend von der Seite anblicken und seinem Gemurmel zuhören. Als er die Hand von den Fliesen nimmt, um den Hosenschlitz zu schließen, kippt er nach vorn und knallt mit dem Kopf gegen die Wand.

Die Abdullahs sind blitzschnell bei ihm, fassen ihn links und rechts unter die Arme, halten ihn fest, führen ihn zum Waschbecken, spritzen ihm kaltes Wasser ins Gesicht. Er hat auf einmal zwölf Kniegelenke, für jeden Raki eines, knickt ein, gleitet zu Boden, sitzt da, den Kopf ans kalte Waschbecken gelehnt.

Jetzt ist ihm besser. Er blickt um sich und findet alles plötzlich unglaublich komisch. Was für ein Bild: Ein Mann mit offenem Hosenschlitz am Boden einer Toilette, der sich von zwei anderen Männern mit offenen Hosenschlitzen Wasser ins Gesicht spritzen lässt!

Er lacht, als hätte er gerade den besten Witz aller Zeiten gehört, er wiehert geradezu vor Lachen, und die Abdullahs lachen auch und spritzen ihm Wasser ins Gesicht.

Er krabbelt hoch, und sie lachen weiter, und er schüttelt zuerst Abdullah Sowieso eins die Hand und sagt lachend „Danke, Abdullah!", und dann schüttelt er Abdullah Sowieso zwei die Hand und sagt „Vielen Dank, Abdullah! Vielen, vielen Dank, Abdullah!", und die beiden Abdullahs lachen und schütteln sich gegenseitig die Hände und sagen „Danke, Abdullah! Vielen Dank, Abdullah!", und dann kommt noch ein Mann in die Toilette, und die Abdullahs schütteln auch ihm lachend die Hand und sagen „Danke, Abdullah! Vielen Dank, Abdullah!", und der Mann schaut sie zuerst fassungslos an, dann lacht er auch und schüttelt allen drei Männern die Hände und sagt „Danke, Abdullah! Vielen Dank, Abdullah!", und dann machen sie alle ihre Hosenschlitze zu und lachen und gehen hinaus, und er zahlt und verlässt die Imbissbude, und die beiden Abdullahs lachen und rufen ihm nach „Danke, Abdullah! Vielen, vielen Dank, Abdullah!", und er lacht, den ganzen Heimweg über lacht er, lacht sich halb tot über diesen Witz, den besten Witz seines Lebens.

Ja, es ist alles eine einzige, riesige Lachnummer: Die Zuhälterbeißmaschine, die schon wieder stundenlang kläfft und sich durch seine Zimmerdecke zu scharren versucht. Die Polizisten, die mit der DNA-Probe von ihm ihre Zeit vergeuden. Die Japanerin, die jetzt irgendwo hinter irgendeinem anderen Fenster nackt ihre Turnübungen macht. Seine Lungenflügel, die sich allmählich in Asbestklumpen verwandeln. Die Selbstmordattentäter, die demnächst die ganze Welt in die Luft sprengen werden, um sie zu einer besseren Welt zu machen. Abdullah Sowieso eins, der in der Wohnung drüben mit Fatima streitet, obwohl er doch gerade unten in der Dönerbude sitzt und mit Abdullah Sowieso zwei über einen Besoffenen lacht, der sie Abdullah genannt hat. Die tote Hure, die so tot ist wie sein Schwanz. Sein Nachtwächterjob, der darin besteht, eine Spielzeugwelt für singende und in die Hände klatschende Aufziehpuppen zu bewachen. Die dröhnende Kehrmaschine, mit der die Hausmeisterin durch den Innenhof fährt, um Dreck mit Lärm zu vertreiben. Und sogar seine Mutter ist eine Lachnummer.

Das alles ist so komisch, dass er vor Lachen fast erstickt. Er windet sich kichernd auf dem Bett und jappst und jault und winselt mit dem Köter um die Wette, bis ihm davon so übel wird, dass er sich schon wieder übergeben muss.

Ja, Mama. Natürlich, Mama. Ganz bestimmt, Mama. Ich hab meine Pausenbrote gegessen, Mama. Ja, Mama, den Apfel auch. Nein, Mama, ich hab sie nicht gegen schmutzige Bildchen eingetauscht. Hab ich nie gemacht, Mama. Ich weiß ja selber nicht, wie diese Bildchen in meine Schultasche gekommen sind, Mama. Bitte, glaub mir, Mama. Ich hab die vorher noch nie gesehen. Solche Bilder interessieren mich auch gar nicht, Mama. Wieso willst du das Papa sagen? Papa kannst du das doch gar nicht sagen, Mama. Nein, Mama. Kannst du nicht. Papa ist doch, du weißt schon, Mama. Papa ist doch schon vor ein paar Jahren, Mama. Entschuldige, Mama. Ich verstehe, Mama. Am Sonntag, wenn Papa nachhause kommt. Klar, Mama. In Ordnung, Mama. Papa kommt am Sonntag, und dann werden wir miteinander in die Kirche gehen, natürlich, Mama. Oder einen Ausflug machen. Wohin, Mama? Ach ja, Mama, aufs Land. Als Erntehelferin aufs Land. Wo es immer so gut nach Heu riecht, richtig, Mama. Die Jugendzeit ist die schönste Zeit, ich weiß, Mama. Alle sind in dich verliebt, alle könntest du haben, aber du sparst dich für diesen jungen Oberfeldwebel auf, toll, Mama. Eine Frau ist kein Spielzeug, ich weiß, Mama. Bitte, wein doch nicht, Mama. Es tut mir ja Leid, Mama. Ehrlich, Mama. Ich hab doch nur mein Handtuch nach der Turnstunde in der Dusche liegen lassen. Und das hab ich dann in der nächsten Pause schnell holen wollen, sonst nichts, Mama. Dass gerade die Mädchen geduscht haben, hab ich zu spät bemerkt, ehrlich, Mama. Ich war selber ganz erschrocken, als die Mädchen alle geschrieen haben. Bin nur dagestanden und hab im Moment nicht gewusst, was ich machen soll. Und meine Hose war nicht offen, das ist eine Lüge von den Mädchen, eine ganz gemeine Lüge. Ich hab eigentlich auch gar nichts gesehen, wirklich nicht, Mama. Ich weiß, Mama, dass das eine Katastrophe ist, ein Jahr vor der Matura. Aber ich kann doch wirklich nichts dafür, Mama. Onkel Herbert hat gemeint, vielleicht eine Elektrikerlehre. Oder technischer Zeichner. Und dann muss ich ohnehin zum Bundesheer, und dort kann ich auch eine Ausbildung machen, irgendwas, was ich hinterher im Zivilberuf brauchen kann, hat er gesagt. Da gibt es jede Menge Möglichkeiten, Mama. Und wenn ich will, kann ich meine Matura später immer noch nachmachen, Mama. Wirklich, Mama, ich hab mir mein Leben nicht versaut, wirst schon sehen, Mama. Vertrau mir, Mama. Jetzt lach doch wieder, Mama. Bitte, Mama. Ja, Mama. Natürlich, Mama. Papa fährt die ganze Nacht durch, damit er am Sonntag bei uns ist. Ja, Mama, Papa fährt immer vorsichtig. Papa hat noch nie einen Unfall gehabt. Papa wird ganz sicher noch kommen, Mama. Vielleicht irgendwo ein Stau, Mama. Papa trinkt auch nicht, nein,

Mama. Mach dir keine Sorgen, Mama. Schlaf jetzt, Mama. Bis morgen, Mama. Gute Nacht, Mama.

DREIZEHN

Ein Hoch auf die Physik. Ein Hoch auf die Gesetze der Lichtbrechung. Ein Hoch auf die Erfindungskraft in den Entwicklungsabteilungen der optischen Industrie. Ein Hoch auf sein neues Teleobjektiv.

Es kostet mehr, als er in einem halben Jahr verdient, und er wird es in Raten abbezahlen. Aber es ist einfach phänomenal. Es kommt ihm vor, als könne er sich in die Wohnung hinüber beamen. Hin und her durchs Zimmer gehen und auch noch das kleinste Detail betrachten. Ganz scharf, ganz klar. Sogar die Titel auf den Buchrücken könnte er lesen, wenn sie nicht in arabischer Schrift gedruckt wären.

Vor allem aber kann er Fatimas Gesicht sehen. Hautnah, als stünde er vor ihr. Sie hat einen kleinen Leberfleck auf der linken Wange. Ihre Augenbrauen sind nicht symmetrisch; der Schwung der rechten Braue verläuft flacher als jener der linken. Feine Fältchen ziehen sich von den Nasenflügeln zu den Mundwinkeln. Volle Lippen, blasse Haut, mit einem Anflug von Kupfer. Das Gesicht eines Mädchens, das fast schon eine Frau ist.

Er kann sie ansehen und sie mit seinen Blicken streicheln. Kann sich mit seinen Augen an sie schmiegen. Manchmal denkt er, dass sie das spürt, dass sie es genießt und ihn sogar dazu auffordert. Dann tritt sie ans Fenster, wendet ihm ihr Gesicht zu, lächelt, schließt die Augen, dehnt und streckt ihren Körper mit den geschmeidigen Bewegungen einer müden Katze, lässt eine Hand über ihren Körper gleiten, vom Hals abwärts über ihre großen Brüste hinunter zur Hüfte, langsam und wie unabsichtlich, als würde sie den Stoff ihres Gewandes glatt streichen, und steht dann ruhig da, minutenlang, und lässt sich von seinen Blicken umfassen.

Noch nie hat er sich einer Frau so nahe gefühlt. Noch nie ist er einer Frau so nahe gewesen. Dankbar legt er seine Hand auf das kühle Metall des Teleobjektivs. Dieses Gerät ist der Gipfel der Technik. Ein Instrument, um in Lichtgeschwindigkeit Entfernungen zu überwinden. Völlig lautlos. Ohne den Lärm vibrierender Maschinen und heulender Turbinen. Ohne donnernde Antriebsraketen, ohne den Knall beim Durchbrechen der Schallmauer. Die perfekte Kombination gläserner Spiegel und Linsen, die dich mit einem Lidschlag dorthin katapultieren, wo du sein willst. Geräuschlos und unbemerkt.

Jetzt kann er auch erkennen, was Abdullah Sowieso an die Türen des Kleiderschranks geheftet hat. Fotokopien von Stadtplänen. Stark vergrößerte Ausschnitte, Straßenzüge, Gebäudekomplexe, Plätze. Darauf Markierungen mit rotem Filzstift. Kreise, Pfeile, gestrichelte Linien, kleine Kreuzchen. Er kann nicht erkennen, um welche Städte es sich handelt. Die Straßennamen könnten spanisch sein oder italienisch, und in diesen Ländern gibt es viele Städte.

Er überlegt, wofür diese Pläne gut sein könnten. Man muss ja nicht gleich an die Vorbereitung eines Verbrechens denken. Auch wenn das auf den ersten Blick danach ausschaut. Vielleicht ist dieser Abdullah Sowieso tatsächlich ein Soziologiestudent und braucht das für seine Diplomarbeit. Die Kreise könnten ohne weiteres Bürogebäude kennzeichnen, und die Pfeile irgendwelche Verkehrsströme. Soziologische Untersuchungen sehen ja oft aus wie geheime Aufmarschpläne, das kann man fast jeden Tag im Wirtschaftsteil der Zeitungen sehen. Oder es handelt sich einfach nur um penible Urlaubsvorbereitungen. Alle Sehenswürdigkeiten der Stadt an einem Tag. Die billigsten Restaurants. Die Plätze mit der schönsten Aussicht. Also, was soll's. Danach fragen wird er Abdullah Sowieso sicher nicht. Wenn er ihm nocheinmal begegnen sollte, wird er einen großen Bogen um ihn machen, nach dem peinlichen Auftritt in der Dönerbude.

Wenn er nur daran denkt, wird ihm schon wieder schlecht.

Er hat Abdullah Sowieso allerdings schon seit ein paar Tagen nicht mehr gesehen. Ist auch besser. So hat er Fatima ganz für sich allein. Und Zeit für sie hat er auch genug. Der Kläffköter scheint erheblich weniger Schlaf zu brauchen als er. Und lockt außerdem sämtliche Hunde der Umgebung in den Hof, ganze Rudel, die stundenlang bellen und jaulen und in der Hofecke auf die weiße Silhouette des toten Mädchens pissen. Aber außer ihn scheint das niemanden zu stören. Ein Haus voll Blinder und Tauber, denkt er. Eine ganze Stadt, bewohnt von Blinden und Tauben. Und ich bin der Einzige, der sieht und hört.

Er sieht Fatima nur von hinten. Sie sitzt mit untergeschlagenen Beinen am Boden, in ihren grauen Dschador gehüllt. Vor ihr auf dem Teppich steht ein kleines Fernsehgerät. Er zoomt auf den Bildschirm.

Menschen. Massen von Menschen. Auf irgendeinem Platz. In irgendeiner Straße. Menschen, die winken. Kinder, die Fähnchen schwenken. Dazwischen Polizisten. Nonnen in blauer Ordenstracht. Priester ganz in Schwarz. Frauen und Männer in Rollstühlen. Kinder mit weißen Blumen in den Händen. Und alle Menschen schauen in eine Richtung. Dann vier Polizisten in weißen Uniformen auf weißen Motorrädern.

Ganz langsam. Dahinter ein weißes Auto. Ein umgebauter Geländewagen mit einer erhöhten, offenen Ladefläche. Darauf eine leicht gebeugte, hoch gewachsene Gestalt, ganz in Weiß. Er zoomt noch näher auf den Bildschirm, und fast gleichzeitig zoomt die Fernsehkamera auf das Gesicht des Mannes.

Der Papst lächelt und hebt segnend die rechte Hand. Lässt sie aber sofort wieder sinken und klammert sich an den Haltegriff vor seiner Brust. Der Wagen macht einen Ruck und rast aus dem Bild. Die Fernsehkamera zoomt in die Menschenmenge. Polizisten und Männer in dunklen Anzügen knien auf dem Boden. Drei knien auf einem Mann, der mit dem Gesicht nach unten auf dem Asphalt liegt. Entsetzte Gesichter. Ein Polizeiauto mit Blaulicht. Betende Nonnen. Und dann wieder der Papst. In Zeitlupe hebt er die Hand zum Segen. In Zeitlupe schiebt im Hintergrund ein Mann die rechte Hand unter seine Jacke. In Zeitlupe stürzen sich drei Männer auf ihn, reißen seine Arme nach hinten und werfen ihn zu Boden. In Zeitlupe klammert sich der Papst an den Haltegriff. In Zeitlupe fährt der Wagen mit dem Papst aus dem Bild. In Zeitlupe zoomt die Kamera auf die Männer, die auf dem Mann am Boden knien.

Fatima beugt sich vor und schaltet den Fernsehapparat aus. Steht auf, geht ans

Fenster, öffnet es und blickt in den Hof. Minutenlang steht sie völlig reglos da. Wie versteinert. Unten rennen aufgeregte Köter herum, die sich ihre Hundeseelen aus dem Leib bellen.

ZWÖLF

ISLAMISTISCHES SPRENGSTOFFATTEN-
TAT AUF PAPST VERHINDERT! GOTTES-
KRIEGER GEGEN HEILIGEN VATER! DAS
WUNDER VON MADRID! MOSLEMTERROR
GEGEN WESTLICHE ZIVILISATION!
Wozu soll er die Zeitungen kaufen? Er
weiß, was drin steht. Die immer gleichen
Sätze über die immer gleichen Ereignisse.
Das Repertoire der Wirklichkeit ist be-
schränkt. Nur die Hauptdarsteller und die
Schauplätze wechseln. Gegenwart imitiert
Vergangenheit. Selten ein Genie, das aus
dem Kreislauf der Routine ausbricht und
neue Szenarien des Schreckens erfindet.
Hass und Furcht lähmen die Phantasie.
Der armselige Masterplan der Geschichte
liegt bombensicher eingebunkert hinter
hundert Meter dicken Stahlbetonmauern.
Abdullah Sowieso ist auch wieder da.
Zur Abwechslung wieder ohne Bart, dafür
mit Glatze. Manchmal kommt Abdullah
Sowieso zwei zu Besuch. Dann gehen sie
im Zimmer auf und ab und reden. Oder
sitzen am Tisch und trinken Tee. Oder
rollen kleine Teppiche aus, knien sich
darauf und verrichten Gebetsrituale.

Schaut aus wie Turnübungen. Aber bei weitem nicht so reizvoll wie bei der kleinen Japanerin.

Eine friedliche Wohngemeinschaft nicht übermäßig fleißiger Studenten, denkt er. Nur, dass Fatima und Abdullah ein Paar sein könnten, stört ihn. Aber das scheint offensichtlich nicht der Fall zu sein, so wie die beiden miteinander umgehen. Keine Umarmungen, keine Zärtlichkeiten. Andererseits verschwinden sie auch immer wieder in ein Nebenzimmer. Und dass sie nie gemeinsam auf der Straße zu sehen sind, ist bei moslemischen Paaren so der Brauch, hat er gehört. Muss aber nicht stimmen. Ist vielleicht nur ein dummes Vorurteil.

Man weiß viel zu wenig über diese Leute, denkt er. Ich sollte mir ein paar Bücher zulegen über islamische Sitten und Traditionen. Gleich morgen. Im Billigbuchmarkt zwei Straßen weiter. Das bin ich Fatima schuldig, dass ich mich über die Kultur informiere, aus der sie stammt. Dann kann ich ihr noch näher kommen.

Er fühlt sich großartig bei diesem Gedanken. Fast euphorisch. Gerührt über sein Verhalten, das doch weit mehr ist als bloße Toleranz. Wirkliches Interesse, echte Anteilnahme. Wenn nur alle Menschen so dächten wie ich, gäbe es weniger Probleme auf der Welt, denkt er. Und der Masterplan der Geschichte müsste umgeschrieben werden.

Er streckt sich auf seinem Bett aus, fühlt sich entspannt und friedlich. Ob dieses Gefühl ansteckend auf Hunde wirkt? Jedenfalls haben sie aufgehört zu bellen. Seit Wochen das erste Mal endlich Ruhe. Völlige Stille. Bis auf das Brummen des Kühlschranks. Er steht auf und schaltet ihn aus. Wurst und Käse werden auch so eine Zeit lang überleben, selbst an diesem schwülen Frühsommertag.

Aber diese fette Fliege wird nicht überleben! Wenn sie wüsste, was ihr bevorsteht, würde sie still in einer dunklen Ecke sitzen, statt aufgeregt durchs Zimmer zu surren. Wie ein kleiner, überdrehter Benzinmotor. Im Vergleich zu ihrer Größe erzeugt sie den Lärm von zehn Hubschraubern. Was Geräusche betrifft, ist die Natur ziemlich verschwenderisch, denkt er. Was für eine lärmende Vergeudung von Energie, um eine unnütze Zimmerfliege sinnlose Kreise ziehen zu lassen. Klein und laut, eine glatte Fehlkonstruktion.

Er zieht den Vorhang zur Seite. Die Fliege wird vom Licht angezogen, klatscht gegen die Fensterscheibe, fällt aufs Fensterbrett, startet abermals, klatscht wieder gegen die Scheibe. Ein schneller Wisch mit seiner Hand, schon hat er sie in der Faust. Tausendmal geübt. Im Fliegenfangen ist er Weltmeister. Er holt eine Tube Klebstoff, drückt einen Tropfen aufs Fensterbrett, setzt die Fliege darauf. Dann richtet er das Teleobjektiv auf die Fliege.

Ein riesiges, surrendes Ungeheuer, das nicht mehr vom Fleck kommt. Ein unheimliches, hässliches Fabeltier. Ein urzeitlicher, sechsbeiniger Flugsaurier mit Roboteraugen. Eine Lärmmaschine in der Falle. Ein vibrierendes, stechende Gifttöne absonderndes Geräuschmonster in seiner Gewalt.

Mit Daumen und Zeigefinger greift er nach den Flügeln und reißt sie aus. Jeden einzeln. Er tötet nicht. Er macht nur, dass es still ist.

Er betrachtet die Fliege abwechselnd durchs Teleobjektiv und mit bloßem Auge. Kostet seine Macht aus. Seinen Triumph über die Riesenbestie. So klein hat er sie gemacht. So klein und so geräuschlos.

Er zieht den Vorhang wieder vors Fenster und legt sich schlafen. Die Hunde bellen noch immer nicht.

ELF

Er ist ja nicht blöd. Er macht sich vielleicht oft zu lang selbst etwas vor und redet sich ein, dass man an das Gute im Menschen glauben müsse, aber blöd ist er nicht. Irgendwann durchschaut auch er das Spiel. Sieht, was wirklich los ist. Erkennt die Zusammenhänge und macht sich seinen Reim darauf.

Da steckt doch was dahinter, dass sich Abdullah Sowieso jetzt schon zum dritten Mal mit diesem Zuhälterarsch trifft und ihm einen Umschlag zusteckt. Der bezahlt doch für das sadistische Dauerkläffen des Pitbulls. Der will ihn fertigmachen, weiß der Teufel, warum. Dabei kann Abdullah Sowieso doch gar nicht wissen, wo er wohnt. Vielleicht geht es auch gar nicht um ihn. Sondern um Fatima. Was, wenn sie gar keine so heilige Fatima ist, wie er denkt? Wenn sie im Hinterzimmer heimlich irgendwelche Männer bedient? Wenn Abdullah Sowieso dann regelmäßig das Geld der Kunden dem Oberboss abliefert? Nein, das wäre ihm aufgefallen. In den Nächten, in denen er dienstfrei hatte, war in der Wohnung drüben immer alles dunkel und ruhig. So was darf er von Fatima gar nicht denken. Es muss um irgendwelche andere Geschäfte gehen. Krumme Geschäfte. Illegale. Soviel ist sicher.

Sprengstoff! Er schlägt sich auf den Kopf. Dass er nicht gleich darauf gekommen ist! Er braucht doch nur eins und eins zusammenzuzählen. Die Stadtpläne an den Schranktüren. Das regelmäßige Verschwinden und wieder Auftauchen von Abdullah Sowieso. Und immer genau in der Zwischenzeit die verheerenden Sprengstoffattentate in Paris, Mailand, Athen und Frankfurt. Schlag auf Schlag. Immer schneller hintereinander. Europa im Würgegriff islamistischer Terroristen. Und Abdullah Sowieso ist einer von ihnen. Getarnt als harmloser Student.

Jetzt braucht er erst einmal eine Zigarette. Er kann besser denken, wenn er raucht. Abdullah, der islamistische Attentäter! Kleiner Handlanger oder Drahtzieher? Unbedeutendes Rädchen oder Schalthebel der Terrormaschine? Kleine Nummer oder Haupttreffer? Wenn jetzt die Polizei einen Tipp bekommt? Einen ganz diskreten Hinweis, streng vertraulich. Telefonisch und anonym. Aber wie ich die Polizei kenne, nehmen die so was ohnehin nicht ernst, denkt er. „Lassen Sie uns gefälligst in Ruhe mit Ihrer angeblichen terroristischen Zelle und konspirativen Wohnung“, wird es heißen. „Wir haben wichtigere Dinge zu tun. Wir müssen die Festspielsociety bei ihren Drogenparties beschützen. Unsere Kontakte zur Halbwelt pflegen. Und vor allem DNA-Proben von unschuldigen Bürgern untersuchen. Also, belästigen Sie uns bitte nicht mehr mit Ihren Hirngespinsten!"

Aber wenn die Polizei der Sache doch nachgeht, was wird dann aus Fatima? Muss er zusehen, wie auch sie verhaftet und abgeführt wird? Verschwindet sie in einer Gefängniszelle? Oder wird sie abgeschoben? Will er wirklich riskieren, sie nie mehr wiederzusehen? Würde er damit, rein theoretisch, überhaupt weitere Terroranschläge verhindern? Es gibt immer eine richtige Entscheidung, eine falsche Entscheidung und eine Entscheidung, die man nicht trifft. Er entscheidet sich für die letzte.

Er blättert in den Büchern über islamische Kultur, die er gekauft hat. Vor seinen Augen entfaltet sich eine Märchenwelt aus Moscheen, tanzenden Derwischen, stolzen Männern, geheimnisvoll verschleierten Frauen, bunten Bazaren und exotischen Landschaften. Auch Kargheit und Armut haben Würde. Was er in diesen Büchern nicht findet, ist die Welt hinter den schönen Bildern.

Drei Terroranschläge innerhalb weniger Tage. Vor dem Festspielhaus patrouilliert jetzt ein junger Polizist und macht ein Gesicht, als wollte er die gesamte Al Kaida zum Frühstück verspeisen. Und in der Pförtnerloge sind sie ab sofort zu zweit. Die ruhigen Stunden zwischen den nächtlichen Kontrollgängen kann er vergessen. Der Kollege ist ein leidenschaftlicher Musikhörer. Im Gegensatz zum Rauchen ist Musikhören im Dienst nicht verboten. Der ganze Stolz des Kollegen: ein Kassettenrecorder und eine Aktentasche voll Musikkassetten. „Alles selber aufgenommen. Von alten Platten überspielt. Meine eigene Hitparade. Richtig gute Sachen, sag ich dir. Die Popmusik von heute kannst du dir ja nicht mehr anhören. Nicht auszuhalten, das amerikanische Hiphop-Geschrei."

Bisher wollte er gar nicht wissen, wie viele Schlager Roy Black, Heino und Peter Alexander gesungen haben. Jetzt kann er ihnen nicht mehr entkommen. Und immer wieder Ganz in Weiß mit einem Blumenstrauß und Der Badewannentango und Schwarzbraun ist die Haselnuss.

Ein Polizistenmilchgesicht und deutsche Schlager als Terroristenschreck, denkt er. Perfekt. Das macht Eindruck. Abdullah Sowieso würde sich in die Hose machen vor Lachen. Ah, und jetzt noch Freddy Quinn. Junge, komm bald wieder. Damit zeigen wir wirklich unsere kulturelle und geistige Überlegenheit.

Die andere Leidenschaft des Kollegen sind die Weiber. Kann einfach nicht aufhören zu erzählen, wann, wo und wie er sie flachgelegt und gevögelt hat.

„Mann, die hat vielleicht geschrieen, als ich ihn ihr hineingesteckt hab. Bis zum Anschlag, sag ich dir. Alle zehn Sekunden ist es ihr gekommen. Aber ich hab sie fertig gemacht, sag ich dir. Fix und fertig, ich schwör's. Ich sag dir, bei mir kommt jede. Das gibt's einfach nicht, dass bei mir eine nicht kommt, sag ich dir. Alles eine Frage der Technik. Zuerst ein bisschen mit den Fingern herummachen und dann rein mit dem Schwanz ins Loch. Ganz einfach, sag ich dir. Die Weiber sind ja so einfach zu bedienen. Und meiner steht mir so gut wie immer, sag ich dir. Die Weiber kriegen solche Augen, wenn sie ihn sehen. Kriegen gar nicht genug davon. Brauch ich gar nicht lang herumreden, dass sie mir einen blasen. Und die meisten wollen ihn dann auch noch in den Arsch. Bis zum Anschlag, sag ich dir. Rein in den Arsch bis zum Anschlag. Die Rothaarigen sind ja eher zickig. Kannst du vergessen, sag ich dir. Von denen lass ich lieber gleich die Finger. Leere Kilometer, hab ich doch nicht nötig. Am geilsten sind die Schwarzhaarigen. Im letzten Urlaub hab ich so eine Araberin gevögelt. In einem Ferienclub in Tunesien. Also, keine richtige Araberin, aber so gut wie. Das war sozusagen im Clubpreis inbegriffen. Saufen, fressen, vögeln, all inclusive.

Mann, die war geil, sag ich dir. Überhaupt die Weiber aus dem Osten. Für zehn Dollar extra hat sie sogar den Gummi weggelassen. Und solche Titten. Und bis zum Anschlag, sag ich dir. Bis zum Anschlag."

„Welchen Anschlag?"

„Was, welchen Anschlag?"

„Na, bis zu welchem Anschlag? Den in Mailand oder den in Frankfurt?"

„Hä? Einfach bis zum Anschlag. Verstehst du nicht? Bis zum Anschlag!"

Schwarzbraun ist die Haselnuss bis zum Anschlag ganz in Weiß bis zum Anschlag Junge komm bald wieder bis zum Anschlag Abdullah Sowieso bis zum Anschlag Fatima in einer konspirativen Wohnung bis zum Anschlag kläffende Köter bis zum Anschlag Nacht für Nacht mit diesem Kollegen bis zum Anschlag.

Wie lange wird er das aushalten können? Er sagt, dass er jetzt eine extra Kontrollrunde dreht. Geht zuerst auf die Bühne und riecht an den Kulissen, und dann geht er hinunter in die Kantine, macht kein Licht und sitzt im Dunkeln. Und horcht in die Stille. Und wird jetzt seiner Lunge den Qualm von mindestens zehn Zigaretten gönnen. Bis zum Anschlag.

ZEHN

Das muss man sich vorstellen. Ein Vier-
zehnjähriger. In München. Allein in der
Wohnung seiner Eltern. Geht ins Badezimmer. Wäscht sich von Kopf bis Fuß. Zieht
sich frische Sachen an. Schwarze Hose,
weißes Hemd. Faltet ein schwarzes Tuch zu
einem schmalen Band. Bindet es sich um
die Stirn. Nimmt die Videokamera seines
Vaters. Stellt sie im Wohnzimmer auf den
Tisch. Richtet sie aufs Sofa. Legt zwei Bücher unter die Kamera, damit sie höher
steht. Schaltet die Videokamera ein. Setzt
sich aufs Sofa. Hält einen Koran mit beiden
Händen vor der Brust. Schaut ins Objektiv.
Mit den Augen eines Mannes. Spricht. Mit
der Stimme eines Halbwüchsigen. Eine Bot-
schaft. An seine Eltern und seine Schwester. Dass er ein Krieger des Islam ist. Dass
er sich für sein Volk opfern wird. Dass er sie
liebt. Dass sie stolz auf ihn sein können.
Dass er ein Märtyrer für die gerechte Sache
ist. Dass Allah über die Ungläubigen siegen
wird. Dass er ein Held des Djihad ist. Dass
er noch heute im Paradies sein wird. Dass
Gott groß ist. Schaltet die Videokamera aus.
Holt seinen Rucksack. Nimmt zwei Hand-

granaten heraus. Zieht einen Ledergürtel durch die Schlaufen seiner Hose. Hängt die Handgranaten an den Gürtel. Zieht eine lange, weite Jacke an. Verlässt die Wohnung. Geht zum Marienplatz. Nimmt die Rolltreppe zur U-Bahnstation. Fünf Uhr abends. Rushhour. Steigt in die überfüllte U-Bahn. Drängt sich zwischen die Fahrgäste. Fasst mit beiden Händen gleichzeitig unter die Jacke. Hakt die Zeigefinger in die Abzugsringe der Handgranaten. Holt tief Luft. Spannt die Muskeln. Wartet auf den Augenblick, in dem die U-Bahn mit einem Ruck losfährt. Schließt die Augen. Reißt die Abzugsringe nach unten.

So, oder so ähnlich. Jedenfalls drei Tote. Der Vierzehnjährige, ein alter Mann und ein Mädchen. Und zwölf Verletzte. Und Panik. Genau genommen nur ein kleiner Anschlag. Handgranaten haben eine beschränkte Sprengwirkung im Vergleich zu TNT. Oder Dynamit. Richtige Sprengstoffgürtel werden heute anders gebaut. Professioneller. Mit fast militärischer Präzision. Als alter Sprengmeister weiß er Bescheid. Was ihn wirklich beeindruckt, ist was anderes. Ist die Konsequenz, mit der dieser Junge seine Tat durchführte. Die eiskalte Mischung aus Wahnsinn und Kalkül. Die gnadenlose Unbeirrbarkeit, mit der sich dieser Vierzehnjährige in eine andere Wirklichkeit katapultierte.

Ganz anders als dieser lächerliche Abdullah Sowieso. Dieser Wichtigtuer, dem offenbar der Mut zum letzten Schritt fehlt. Der auch jetzt wieder nur in der Wohnung sitzt und Kreise und Linien auf Stadtpläne malt. Der sicher nicht einmal fähig ist, eine simple Rohrbombe zu bauen.

Dabei ist nichts einfacher. Unkraut-Ex und Staubzucker in ein Eisenrohr füllen, die Enden mit Eisenplatten verschließen, Zündschnur durch eine kleine Öffnung einführen und alles abdichten. Sowas kann heute jeder Schüler in der Hobbywerkstatt seines Vaters zusammenbasteln. Lässt dann die Dinger irgendwo auf einer Wiese hochgehen, um seinen Freunden zu imponieren. Oder den Mädchen, an denen er gerne herumfummeln würde. Ihnen an die kleinen Brüste unter den nabelfreien Tops fassen möchte. Oder unter die fleischfarbenen String-Tangas. Die Kinder fangen ja heutzutage schon mit zwölf an. Als er so alt war, wusste er noch nicht einmal, was eine Erektion ist. Hat Mädchen für sonderbare Wesen von einem fremden Stern gehalten. Für herausgeputzte, hochnäsige, ständig kichernde Andersmenschen, denen man besser aus dem Weg geht. Weil sie so ein eigenartiges Gefühl hervorrufen, bei dem dir die Röte ins Gesicht schießt, wenn sie dich anschauen. Oder ansprechen. Oder gar berühren.

Ob die Moslems es heute auch schon mit zwölf miteinander treiben? Oder sogar schon richtig verheiratet werden, verkuppelt von den Familienoberhäuptern? Hat sich dieser Vierzehnjährige nur wegen der zweiundsiebzig Jungfrauen ins Paradies gesprengt? Ist die islamische Sittenstrenge nur Mittel zum Zweck, damit es die unverheirateten jungen Männer vor Geilheit nicht mehr aushalten auf dieser Welt und sie ihren greisen Mullahs überlassen? Will Abdullah Sowieso vielleicht nur ein alter Mullah werden, die schmerzfreie Art, schließlich auch ins Paradies aufgenommen zu werden?

Seine Gedanken sind nicht viel intelligenter als der Hund, der seit einer halben Stunde im Hof seinem eigenen Schwanz nachjagt. Sinnlos, wie sich selber aufessen zu wollen, um dem Hungertod zu entrinnen.

Er steckt sich eine Zigarette zwischen die Lippen. Sein Feuerzeug ist fast leer, nur ein kleines, blaues Flämmchen flackert noch schwach. Er konzentriert sich, führt vorsichtig die Flamme zur Zigarette. Wie das Ende einer Zündschnur, denkt er.

Er schließt die Augen, zieht den Rauch tief ein, über Zunge und Gaumen gierig in die Lungen. Plötzlich ein scharfer Schmerz unter dem Brustbein. Ein explodierender Feuerwerkskörper, der sich mit glühenden

Fontänen in beide Lungenflügel ausbreitet und nach wenigen Sekunden wieder erlischt. Er muss husten. Trocken, hart, rau.

Es ist ein fremdes Husten. Ein neues Husten. Ein Husten, das nicht befreit. Das ihn würgt. Ihm den Atem nimmt. Und vor seinen Augen rote und gelbe Funken tanzen lässt.

Er bemerkt nicht, dass ihm die Zigarette aus den Fingern gleitet. Er lässt sich aufs Bett fallen und hustet und keucht und bellt und kläfft wie ein verzweifelter Köter im Hundezwinger. Und die anderen Köter unten im Hof glauben, dass er einer von ihnen ist, ein neuer Köter, der hinter dem Fenster bellt, und sie antworten ihm und bellen und kläffen und jaulen. Und in seinen Augen ist nur noch Glutregen, während die Zigarette vor sich hin glimmt und ein Loch in den Teppichboden brennt, mitten hinein in den dunklen, alten Kotzfleck, den er schon längst vergessen hat.

NEUN

Nein, Mama. Ich bin's, Mama. Nein, Mama. Hör doch, Mama. Ich bin's. Dein Bub, Mama. Nicht Georg, Mama. Wieso Georg, Mama? Wer ist das überhaupt, Mama? Welcher Georg, Mama? Sag, Mama. Welcher Georg, Mama? Ich versteh nicht, Mama. Was muss ich dir versprechen, Mama? Was? Natürlich, ich versprech dir alles, Mama. Ganz sicher, Mama. Verlass dich drauf, Mama. Also, was soll ich dir versprechen, Mama? Was darf Papa nicht erfahren? Ich versteh dich so schlecht, Mama. Was muss unser Geheimnis bleiben? Was muss ich dir schwören, Mama? Letzten Sommer, Mama? Was war letzten Sommer, Mama? Was soll ich wissen? An was soll ich mich erinnern? Welcher See, Mama? Ich weiß nicht, was du meinst, Mama. Über was darf ich nicht sprechen, Mama? Was soll das heißen, wenn mir die Freundschaft mit Leopold etwas wert ist? Wieso sagst du aufeinmal Leopold und nicht Papa? Natürlich liebe ich dich, das weißt du doch, Mama. Was darf er nie wissen? Welcher Bub, Mama? Was meinst du, Mama? Welcher Bub ist nicht von ihm, Mama? Was, Mama?

Wer ist von mir? Ich bin's doch, Mama. Ich bin's, Dein Bub, Mama. Wieso muss das unser Geheimnis bleiben, Mama? Welcher Bub? Das hast du noch nie zu mir gesagt, Mama. Dass du mich mehr liebst als Leopold. Was, Mama? Wieso dürfen wir uns nicht mehr sehen, Mama? Natürlich werden wir uns wiedersehen, Mama. Wie kommst du denn auf die Idee, Mama? Jetzt wein doch nicht schon wieder, Mama. Bitte, wein doch nicht. Gut, ich versprech dir, dass wir uns nie mehr wiedersehen. Ja, ich schwör's. Und der Bub bleibt unser Geheimnis. Hundertprozentig, Mama. Papa wird nie etwas davon erfahren. Ich meine natürlich Leopold. Ganz sicher, Mama. Wenn du nur zu weinen aufhörst. Nie mehr werden wir uns wiedersehen, versprochen, Mama. Nie mehr. Ich hab dich lieb, Mama. Der Bub wird sicher so wie ich, das glaube ich auch. Ja, Mama. Schlaf jetzt, Mama. Gute Nacht, Mama. Was redest du da, Mama. Ich will das alles gar nicht hören, Mama. Nein, wirklich, Mama. Ich will das alles überhaupt nicht wissen, Mama. Ich kann doch nicht so tun als ob, Mama. Was glaubst du, wer ich bin, Mama? Wirklich, wer bin ich denn? Mama?

Was eine Frau wie Fatima an einem Mann wie Abdullah Sowieso interessiert, das wüsste er gern. Diese personifizierte Mutlosigkeit, Kraftlosigkeit, Bedeutungslosigkeit. Der Mann hat weder etwas Gefährliches, noch etwas Geheimnisvolles an sich. Tut nichts als in der Dönerbude herumzustehen oder irgendwas auf seine Stadtpläne zu kritzeln oder sich zwischendurch auf seinem Gebetsteppich in Richtung Mekka zu verneigen. Draußen jagen sich seine Glaubensgenossen in die Luft, doch er ist offenbar sogar zu feige, sich selber einmal einen Sprengstoffgürtel auch nur umzubinden. Von zünden ganz zu schweigen.

Dass so ein Schwächling auf Fatima Eindruck macht, kann er sich nicht vorstellen. Vielleicht sieht er sie deshalb meist nur miteinander schweigen. Wenn er sie überhaupt gemeinsam sieht.

Und dann hat er plötzlich eine Idee. Es gibt Ideen, die so wahnsinnig, aber in ihrem Wahnsinn so schlüssig sind, dass man ihnen nichts mehr entgegensetzen kann. Sie gehen wie Aufputschmittel sofort in die Blutbahn über, peitschen die Herzschlagfrequenz hoch, setzen Glückshormone frei. Und genau so eine Idee hat er jetzt.

Er wird das tun, was Abdullah Sowieso nicht zu tun wagt. *Er* wird einen Sprengstoffgürtel anfertigen. Keine Attrappe. Keine bloß gefährlich aussehende Harmlosigkeit, keine Vorspiegelung falscher Tatsachen wie auf den Festspielbühnen. Kein Spielzeug.

Keine faule Lüge. Sondern einen richtigen, funktionsfähigen Sprengstoffgürtel. Hoch explosiv. Auf Knopfdruck tödlich. Mit allem, was dazugehört. Einen Sprengstoffgürtel, bei dessen bloßen Anblick man schon die geballte mörderische Kraft spürt, die nur darauf wartet, sich entfalten zu können.

Und dann wird er sich dieses Meisterwerk von einem Sprengstoffgürtel um den Leib schnallen. Unter seine Uniformbluse. Und wird hinausgehen auf die Straße. Oder in den Supermarkt. Oder einfach hinunter in den Hof. Und dort wird er warten. Auf Fatima warten.

Und wenn er sie sieht, und wenn sie ihn sieht, wird er vor sie hintreten, ihr lächelnd in die Augen schauen und seine Uniformbluse öffnen. Nur ganz kurz. Aber lang genug, dass sie sehen kann, ganz genau erkennen, was er da am Leib trägt. Er wird sich ihr präsentieren. Wortlos. Für das, was er ihr in diesem Augenblick zu sagen haben wird, braucht er keine Worte: Hier bin ich. Vergiss den Feigling.

Er spürt sie schon jetzt: Die Energie, die sich vom Sprengstoffgürtel auf seinen Körper übertragen wird. Und die Macht zu wissen, dass man alles in der Hand hat. Die Macht der Entscheidung. Jetzt. Später. Bald. Irgendwann. Oder nie. Die Befehlsgewalt über die Zeit.

Natürlich wird er nicht auf den Knopf des Induktionszünders drücken. Er will ja sehen, wie Abdullah Sowieso vor Scham blass wird, wenn Fatima ihm von ihrer Begegnung berichtet. Will seinen Triumph auskosten, wenn der Schwächling sich als Versager begreifen muss. Will die explosive Potenz genießen, mit der jede Faser seines Körpers aufgeladen sein wird. Will sich endlich wiederfinden. Gespiegelt in Fatimas Augen.

Er geht hinunter zum Türken, um einen Döner zu essen. Es ist ihm gleichgültig, dass Abdullah Sowieso eins neben Abdullah Sowieso zwei an der Theke steht, ihn blöde angrinst und sagt: „Danke, Abdullah! Vielen, vielen Dank, Abdullah!" Dir wird das Grinsen schon noch vergehen, denkt er.

Später kauft er in einem Kosmetikgeschäft neuen Nagellack für seine Mutter. Er macht sich wirklich Sorgen um sie. Hoffentlich ist sie heute ein bisschen weniger verwirrt. Hoffentlich erkennt sie ihn wieder. Hoffentlich weiß sie, wer er ist.

ACHT

Er wundert sich, dass er überhaupt noch einen klaren Gedanken fassen kann. In der Früh hat er ins Waschbecken Blut gespuckt. Helle, wässrige Bluttropfen. Und der süßliche Geschmack will nicht mehr aus seinem Mund verschwinden. Sogar durch den Zigarettenrauch schmeckt er Blut. Und im Hof sind jetzt Arbeiter mit Pressluft-hämmern am Werk. Graben sich durch den Asphalt zu einem Kanalrohr. Stundenlange, wütende Maschinengewehrgarben. Dauer-beschuss. Granathagel. Bombenterror.

Aber er muss sich jetzt konzentrieren. Muss sich klare, organisierte Gedanken machen. Muss denken, wie er früher gedacht hat. Diszipliniert, exakt, präzise. Er darf sich keinen Fehler erlauben.

Erstens. Die Vorrichtung, an der das Sprengmaterial angebracht wird. Ein gewöhnlicher Gürtel ist natürlich Unsinn. Bietet viel zu wenig Platz. Kann außerdem unter dem Gewicht nach unten rutschen. Besser eine Anglerweste. Hat viele Taschen und Schlaufen und Ösen, an denen sich was befestigen lässt. Eine Anglerweste ist ideal.

Zweitens. Der Sprengstoff. Semtex wäre natürlich am besten. Oder TNT. Zweihundert Gramm würden genügen. Militärischer Sprengstoff. Wird am Schwarzmarkt angeboten. Meistens von irgendwelchen Kriminellen, die früher beim Heer waren. Kostet Unsummen. An das kommt er nicht heran. Und kann es sich auch nicht leisten. Eine Mischung aus Nitroglyzerin und Salpetersäure ist genau so explosiv. Einfach in Röhrchen füllen. Nägel dazu. Wirkt verheerend. Vier Kilo Sprengstoff und sechs Kilo Nägel reichen für ein richtig schönes Chaos. Zehn Kilo, über den Oberkörper verteilt. Nitroglyzerin und Salpetersäure bekommt man in jeder Apotheke. Und dazu noch ein paar Stangen Dynamit. Potenzieren die Sprengkraft. Lagern haufenweise in der alten Firma.

Drittens. Der Zündmechanismus. Elektrokabel und ein primitiver Induktionszünder. Mit Auslöseknopf. Ganz einfach zu bauen. Fast wie eine Türklingel. Was man dafür braucht, gibt es in jedem Elektrofachgeschäft. Kein Problem.

Viertens. Die Dynamitstangen. Das wird kompliziert. Die Babys werden in der Sprengkammer aufbewahrt. Im Betonbunker hinter dem Firmengebäude. Stahltüre. Sicherheitsschloss mit Zahlencode. Wird jeden Tag geändert. Den Code kennen nur der Chef und der Sprengmeister. Einzige

Schwachstelle: die Nacht vor einem Spreng-einsatz. Da wird das Material in das Spezial-fahrzeug geladen. Die Babys auch. Immer ein paar mehr als berechnet. Einfach als Sicherheitsreserve. Ist zwar gegen die Vor-schriften, aber bequemer. Hat man schon zu seiner Zeit so gemacht. Stillschweigend. Ist noch nie was passiert. Weiß ja keiner.

Beim Einladen gibt es immer ein paar Mi-nuten, in denen das Fahrzeug unbeobachtet ist. Auch gegen die Vorschrift. Jetzt muss er nur noch herauskriegen, wann die nächste Sprengung geplant ist. Ehemalige Kollegen anrufen. Erkundigen, wie's so geht. Was die Firma so macht. Ob es interessante Aufträ-ge gibt. Schöpfen garantiert keinen Ver-dacht. Freuen sich, wenn er sich wieder einmal bei ihnen meldet. Erzählen ihm, was er wissen will, ganz ohne Misstrauen.

Und dann mit dem Fahrrad zur Firma. Auf der Rückseite über den Zaun aufs Ge-lände. Hinter dem alten Werkzeugschuppen warten. Im richtigen Moment zum Wagen sprinten, fünf Babys raus und dann nichts wie weg. Kann eigentlich nichts schiefge-hen. Bis der Fehlbestand bemerkt wird, können Tage vergehen. Und dann wird man den Mund halten, um den Ruf der Firma nicht zu gefährden. Exakt so wird er es ma-chen.

Und exakt so zieht er es durch. Zwei Tage später. Meldet sich in der Wachdienstzentrale für diese Nacht krank und fährt kurz nach Mitternacht mit dem Fahrrad los. Am frühen Morgen ist er wieder zurück. Mit acht Stangen Dynamit in der Reisetasche.

Dieses vertraute Gefühl, die Babys in den Händen zu halten. Er spürt wieder die Erregung, die ihn jedes Mal erfasste, wenn er die Dynamitstangen in die Bohrlöcher einführte. Die erwartungsvolle Anspannung und Vorfreude auf die mächtige Entladung und die noch viel gewaltigere Stille danach.

Alles, was er für den Bau des Sprengstoffgürtels benötigt, liegt vor ihm ausgebreitet auf dem Tisch. Draußen toben schon wieder die Presslufthämmer. Aber er fühlt sich jetzt wie in einer schalldichten Blase, gefüllt mit hochkonzentrierter Stille. Er hat alles ausgeblendet: Seine Angst vor der nächsten blutigen Hustenattacke. Seinen Hass auf das Dröhnen von unten und das Kläffen von oben. Seine Verachtung für die Feigheit von Abdullah Sowieso. Seine Vorfreude auf die bewundernden Blicke Fatimas. Seine Sorgen um Mutter. Sogar seine Gier nach einer Zigarette. Nicht jetzt. Nicht in den nächsten Stunden.

Mit dem souveränen Instinkt des Profis macht er sich an die Arbeit. Jeder Handgriff sitzt, als hätte er sein ganzes Leben nichts anderes getan, als Sprengstoffgürtel zu bauen. Konzentriert, präzise, beinahe virtuos. Nach vier Stunden ist er fertig.

Er legt die Anglerjacke an. Der perfekte Sprengstoffgürtel: Bauch und Rücken bepackt mit untereinander verdrahtetem, hoch explosivem Material. Vorne, zwei, drei Zentimeter unter dem Bauchnabel, das kleine Induktionszündgerät. Mit dem Auslöseknopf an der Unterseite. Eine mörderische Bombe. Tod auf Zeigefingerdruck.

Er zieht die Uniformbluse an. Gut, dass sie so weit geschnitten ist. Man kann den Sprengstoffgürtel darunter nicht erkennen. Er muss sich auch gar nicht besonders vorsichtig bewegen. So einfach lässt sich eine unabsichtliche Explosion nicht auslösen. Darauf hat er bei der Konstruktion Bedacht genommen. Man müsste schon ganz fest auf den Knopf drücken, der den elektrischen Schaltkreis kurzschließt. Damit kennt er sich aus. Immerhin war er Jahrgangsbester bei seiner Ausbildung zum Sprengstofftechniker. Ob Vater jetzt wohl stolz auf ihn wäre? Vater oder wer auch immer?

Jemand klingelt an der Tür. Die schalldichte Blase zerplatzt. Draußen stehen eine junge Frau und ein junger Mann. Lächeln ihn treuherzig an und haben diesen missionarischen Ton naiver Weltverbesserer in ihren Stimmen. Bitten ihn um seine Unterschrift.

„Für den Frieden im Nahen Osten. Dass sich die Palästinenser und die Israelis endlich einigen. Für das Ende der Gewalt. Und gegen den weltweiten Terror."

Das ganze Haus zittert unter den Presslufthammerkaskaden.

„Wisst ihr was", sagt er, „leckt mich doch am Arsch!"

SIEBEN

An Abdullah Sowieso kann es nicht liegen, dass die amerikanischen Sicherheitsbehörden Alarmstufe Rot ausgerufen haben. Höchste Terrorgefahr in den nächsten vierundzwanzig Stunden.

Auf fast allen Fernsehkanälen laufen die Bilder von CNN. Hundertschaften von Polizisten und Nationalgardisten in den Städten. Gepanzerte Fahrzeuge in den Straßen und Hubschrauber über den Wolkenkratzern. Rigorose Sicherheitskontrollen auf allen Flughäfen, gestrichene Flüge, Boote der US-Küstenwache vor der Skyline von New York. Der amerikanische Präsident und irgendwelche FBI-Beamte mit martialischen Gesichtern. Und dazwischen immer wieder die alten Bilder vom elften September.

Diese Bilder sind der einzige Grund, warum er seit Stunden vor dem Fernsehapparat sitzt. Sie ziehen ihn immer wieder in ihren Bann. Nicht als Dokumente von grausamer Zerstörung, sondern als Beweis dafür, dass die andere Wirklichkeit möglich ist.

Es geht ihm nicht um die Einschläge der Flugzeuge in die Türme des World Trade Centers. Nicht um die mörderischen Feuerbälle aus explodierendem Kerosin. Nicht um die schwarzen Rauchgebirge, die sich über Manhattan zu einem neuen, absurden Kontinent der Toten auftürmen. Nicht um das aufstöhnende Zusammenbrechen der Stahlkonstruktionen. Es geht ihm um das Vakuum danach.

Wenn die Bilder erscheinen, auf denen sich der Tsunami aus Staub und Finsternis durch die Häuserschluchten heranwälzt, schaltet er den Ton ein, um das Nichts zu hören. Er weiß: Es ist nicht nur die Zeit, die in diesem Augenblick verschwindet, es ist das Toben und Brüllen der ganzen Metropole, das von dieser dunklen Woge einfach verschluckt wird. Aufgesaugt, pulverisiert und in minutenlange Stille aufgelöst. Ein Orkan der Ruhe fegt durch die Stadt.

Das, was er selbst so oft für die Dauer eines Lidschlags erfahren konnte, sieht er hier in extremer Zeitlupe: Zuerst die zerstörerische Kraft der Explosion, minutenlang ausgedehnt. Danach die fast endlos scheinende Expansion sonst nur Sekundenbruchteile währender, absoluter Stille.

Es ist also möglich, denkt er immer wieder. Es ist also wirklich möglich.

Er hat schon lange eine Theorie entwickelt. Lärm, denkt er, besteht aus Teilchen, die mit negativer Energie geladen sind. Winzige Partikel, die alles zerstören, was mit ihnen in Berührung kommt. Lärm macht kaputt, aggressiv oder teuer. Jeder zur Lärmmaschine hochgezüchtete Motor, jedes lautstark sanierte Gebäude kostet am Ende mehr Geld. Lärm gehört zur Macht der Geschäftemacher über die Menschen. Je größer der Lärm, desto höher der Profit. Lärm ist der nutzlose Mehrwert des Kapitals. Lärm ist das überflüssige Luxusprodukt der Zivilisation. Fortschritt erhöht den Lärmpegel. Und die Lärmmasse wächst und wächst und wird ungefiltert in die Luft geblasen, bis eines Tages die ganze Atmosphäre so vergiftet ist, dass nur mehr gehörlose Würmer und Maden überleben können. Doch am Ende wird die lärmende Welt mit einem gewaltigen Knall explodieren und sich in die unendliche Stille des Weltalls verflüchtigen. Das würde er gern erleben.

Im Hof schütten die Lärmkrieger ihren Schützengraben zu und verkleben die Narbe im Asphalt mit dampfendem Bitumen. Eine quietschende Straßenwalze bügelt alles glatt.

Er legt seinen Sprengstoffgürtel an. Wie eine Panzerweste, die ihn vor feindlichen Geräuschen schützen soll. Es beruhigt ihn, wenn er sie trägt.

Er schaut durchs Teleobjektiv. Fatima ist allein im Zimmer. Sie hat ein bodenlanges, dunkelrotes Kleid an. Und sie tanzt. Direkt hinter dem Fenster, so als würde sie nur für ihn tanzen. Bewegt sich ganz langsam auf der Stelle, die Hände über dem Kopf aneinandergelegt. Die weiten Ärmel ihres Kleides sind fast bis zu den Schultern hinabgeglitten, ihre Arme sind entblößt.

Er sieht weiße Haut. Und dort, wo er sie nicht sehen kann, stellt er sich weiße Haut vor. Über ihren sanft schwingenden Brüsten, ihrem leicht angespannten Bauch, ihren langsam kreisenden Hüften, ihren Schenkeln, die sich im Rhythmus einer Musik bewegen, die er nicht hört. Weiße Haut, geschlossene Augen, kleine Schweißperlen über leicht geöffneten Lippen und, kaum merklich, immer schnellere Bewegungen, auf und ab, schwingend, aus der Tiefe ihres Körpers heraus pulsierend, fließend zuerst und schließlich ekstatisch.

Er bemerkt zuerst gar nicht, dass auch er damit begonnen hat, kleine, tanzende Bewegungen zu machen. Sein plumper, ungelenker Körper versucht auf Fatimas Bewegungen zu antworten, ungeschickt und kaum sichtbar. Es sind nur Gewichtsverlagerungen von einem Fuß auf den anderen, unbeholfene, kleine Hüftzuckungen, schwerfällige Muskelanspannungen. Die vibrierende Vorstellung von Tanz im Kopf eines Gelähmten. Und der lächerliche Versuch seines Körpers, dieser Vorstellung zu folgen.

Aber er tanzt. Starrt durch das Teleobjektiv auf Fatima und tanzt. Tanzt mit ihr, seinen Oberkörper bepackt mit Dynamitstangen und Metallröhrchen voll Nitroglyzerin und Salpetersäure und spitzen Nägeln. Tanzt mit ihr, während hinter ihm die rauchenden Trümmer des World Trade Centers über den Bildschirm flimmern, schmerzhaft verkrüppelte Stahlpfeiler aus dem Schutt ragen und Tote abtransportiert werden. Tanzt mit ihr über Ground Zero.

SECHS

Mama? Sag doch was, Mama. Wieso sagst du nichts, Mama? Sprich mit mir, Mama. Bitte, rede mit mir, Mama. Irgendwas, Mama. Ganz egal, was, Mama. Hauptsache, du redest wieder mit mir, Mama. Hauptsache, du sagst wieder was. Das kannst du doch nicht machen, Mama. Einfach so daliegen und schweigen. Wirklich, Mama. Das kannst du doch nicht, das darfst du nicht, Mama. Also, sag was. Sag endlich wieder was, Mama. Meinetwegen beschimpf mich, Mama. Mach mir irgendwelche Vorwürfe. Dass ich dich enttäuscht habe. Dass ich ein Versager bin, weil ich von der Schule geflogen bin. Dass ich ein böser Bub bin, weil ich die Mädchen beim Duschen beobachtet hab. Dass du dich ganz umsonst für mich aufgeopfert hast. Sag alles, was du willst, Mama. Nur sag was. Sprich mit mir, Mama. Bitte, rede mit mir. Was soll ich denn sonst machen, Mama? Das geht doch nicht. Das ist doch unmöglich, Mama. Das siehst du doch ein, nicht wahr, Mama? So böse bist du doch nicht auf mich, dass du nicht mehr mit mir redest, oder, Mama? Ich hab dich doch lieb, Mama. Und du hast mich auch lieb, Mama. Willst du mir nicht etwas von Papa erzählen, Mama? Bitte, Mama, erzähl von Papa. Was wir alles miteinander machen werden, morgen, wenn Papa nachhause kommt. Ja, Mama? Erzähl von Papa. Und dass du nur ihn liebst, nur Papa, und keinen anderen Mann. Obwohl du doch alle haben könntest, Mama. Alle. Weil sie alle in dich verliebt sind, Mama. Aber du willst nur Papa, immer nur Papa, nicht wahr, Mama? Bitte, Mama, bitte erzähl das. Aber wenn du es möchtest, dann bin ich auch Georg. Willst du, Mama? Willst du, dass ich Georg bin? Redest du dann mit mir, Mama? Sagst du dann endlich wieder was? Ich mach alles, was du willst, Mama. Ich esse auch immer meine Pausenbrote, Mama. Und ich schwöre, dass ich keine schmutzigen Bildchen anschaue, Mama. Nie, Mama. Ehrlich, Mama. Nur bitte sprich mit mir. Lieg nicht so stumm da wie ein Stein, Mama. Du hast mir doch noch längst nicht alles gesagt, was du mir sagen willst, Mama. Und ich hab noch lange nicht alles gehört, was ich von dir hören möchte, Mama. Du musst mit mir reden, Mama. Was hab ich dir denn getan, Mama? Ist es wegen der falschen Farbe, Mama? Wegen der falschen Farbe vom Nagellack, Mama? Schau, ich hab dir einen neuen mitgebracht. Mit dem richtigen Rot, Mama. Dein Rot, Mama. Schau ihn dir doch wenigstens an, Mama. Mach doch wenigstens die Augen auf, Mama. Wenn du schon nicht mit mir redest, Mama. Du hast nämlich richtig schöne Augen, Mama. Wirklich, Mama. Und richtig schöne Hände, weißt du das, Mama? Du bist überhaupt eine wunderschöne Frau, Mama. Ich weiß, du willst nicht, dass ich das zu dir sag. Aber jetzt muss ich es dir einfach sagen, Mama. Damit du die Augen aufmachst und mich anschaust, Mama. Einmal noch, Mama. Bitte, Mama. Einmal noch. Darf ich deine Hände halten, Mama? Ja? Darf ich deine wunderschönen Hände halten? Weißt du was, Mama, ich weiß, was wir jetzt machen, Mama. Du gibst mir deine Hände und ich lackiere dir deine Fingernägel. Einverstanden, Mama? Mit dem neuen Nagellack. Dem richtigen. Ja, Mama? Das mach ich jetzt, Mama. Ich lackiere dir deine Fingernägel, Mama. Ich lackiere dir deine Fingernägel. Schau, Mama, ich kann das. Richtig gut kann ich das. Das wird richtig schön, Mama. Vertrau mir, Mama. Schau, Mama. Schau. Ich lackiere dir deine Fingernägel. Ich lackiere dir deine Fingernägel. Ich lackiere dir deine Fingernägel.

Vielleicht könnte er seine Mutter sehen. Dort, wo sie jetzt ist. Angeblich oder wirklich, wer weiß. Dort oben in dem kleinen dunstigblauen Rechteck über dem Innenhof. Vielleicht könnte er mit dem Zoom bis zu ihr vordringen. Wäre da nicht diese verfluchte, dunkelgrüne Plastikplane, die ihm den Blick versperrt.

Gestern erst wurde das Baugerüst an der Hausfassade aufgestellt. Und heute ist es schon völlig verhängt mit Bauplanen. Netzartigen, dichten Kunststoffbahnen, die verhindern sollen, dass Staub und Lärm nach außen dringen. Jetzt sieht er also nichts als zusammengesteckte Eisenrohre, dreckige Bretter und eine dunkelgrüne Plastikwand einen Meter vor seinem Fenster.

Der ganze Außenverputz wird abgeschlagen. „Für eine baubiologisch hoch wirksame Fassadendämmung, die den Wert und die Wohnqualität des gesamten Gebäudes erheblich steigern wird. Die wegen der enormen Sanierungskosten festgesetzte Erhöhung der Mietpreise tritt mit Anfang nächsten Monats in Kraft", heißt es auf dem Informationsblatt, das die Hausverwaltung an der Eingangstür angeschlagen hat. Seit einer Stunde schon wird geschrämt, gebohrt und gehämmert. Arbeiter schlagen wie wütend auf den alten Verputz ein, als wäre das ganze Gebäude ihr Feind. Als wollten sie das Haus blutig prügeln und gleichzeitig jeden einzelnen seiner Bewohner. Erbarmungslos und mit roher Gewalt.

Terroristische Angriffe. Unaufhörlich. Schlag auf Schlag. Generalstabsmäßig geplant und ausgeführt. Und er wieder mittendrin. Eine Terrorwelle nach der anderen bricht über ihn herein. Dieses ohnmächtige Gefühl, hilflos ausgeliefert zu sein! Alarmstufe Rot ist längst überschritten. Sirenengeheul. Ausnahmezustand.

FÜNF

„Aufrichtiges Beileid. Ihre Mutter war eine großartige Frau."

„Danke, Herr Doktor."

„Meine Anteilnahme. Sie waren ein guter Sohn. Immer so fürsorglich."

„Danke, Schwester."

„Ein großer Verlust. Der Herr möge Ihnen Kraft geben. Gott mit Ihnen."

„Danke, Herr Pfarrer."

Alles klar, Mama? Geht's dir gut, Mama? Hast du's bequem da unten, Mama? Weich und warm und ruhig, Mama? Trägst du noch deinen Nagellack, Mama? Ja? Hat man dir den roten Lack auf deinen Fingernägeln gelassen? Oder gehört sich das etwa nicht, wenn man tot ist? Kein Nagellack im Sarg, bitteschön. Wie sieht denn das aus in ein paar Jahren. Unmöglich. Die Verwesung hat gefälligst in aller Würde zu erfolgen. Für Eitelkeiten ist da kein Platz mehr. Hat die Verwesung schon angefangen, Mama? Spürst du schon den Zerfall, Mama? Die Auflösung? Ganz leise, nicht wahr, Mama? Ganz still. Verwesung macht keinen

Lärm. Verwesung ist ruhig und friedlich. Ruhe in Frieden. In Stille. Totenstille. Kleine, sanfte Tierchen, die dich ins Universum der ewigen Ruhe zurückbringen. Stück um Stück. Zelle um Zelle. Asche zu Asche. Staub zu Staub. Biologisches Element zu biologischem Element. Zurück zum Ursprung. Am Anfang war nichts. Am Anfang war die Stille. Mit dem ersten Wort hat das Unglück begonnen. Geräusch. Lärm. Du hast es hinter dir, Mama. Ich beneide dich, Mama. Ruhe sanft, Mama. Lös dich auf, Mama. Genieß es, Mama.

Die pausenlosen Terrorangriffe erfolgen von sieben Uhr dreißig bis zwölf und von dreizehn bis sechzehn Uhr dreißig. Dazwischen wütet nur die Kläffmaschine über ihm. Und in ihm tobt ein anderes Untier. Reißt kleine Löcher in sein Lungengewebe oder pisst ihm die Bronchien voll, er weiß es nicht genau. Er spürt, hört und sieht nur das Ergebnis. Leises Rasseln und Pfeifen beim Atmen. Räuspern, Hüsteln, Husten. Keuchen, Hochwürgen, Spucken. Zäher heller Schleim im Waschbecken oder im Taschentuch. Kleine rötliche Tröpfchen. Manchmal ein schwarzroter Brocken.

„Du schaust aus wie ausgekotzt", sagte gestern der Kollege zu ihm. „Du solltest weniger rauchen und dafür mehr vögeln.

Vögeln ist gesund. Vögeln hält fit. Weiber sind die beste Medizin."

Dann holte er ein Kuvert mit einem Packen Fotos aus seiner Tasche und blätterte die Bilder eins nach dem anderen auf den Tisch. Schwungvoll und lässig wie ein routinierter Kartenspieler beim Verteilen der Spielkarten.

„Meine Weibersammlung aus den letzten drei Jahren", sagte er grinsend. „Schau sie dir an. Dann weißt du, wovon ich rede."

Eine Hochglanzpornokollektion. Frauen jeden Alters. Ein paar von ihnen sogar wirklich hübsch. Immer die gleiche gespielte Standardgeilheit in den Gesichtern. Brüste, Arschbacken, Anusse, gespreizte Beine, Mösen. Rasiert oder behaart. Geöffnete Schamlippen. Finger an der Klitoris. Vibratoren in den Hintern.

Er sah sich die Bilder schweigend an. Wie Museumsstücke aus einer Kultur, die ihm fremd ist. Aus einer vergangenen Epoche, von der er zwar die wichtigsten Daten und Fakten auswendig hersagen könnte, die er aber nie persönlich erlebt hat. Die nichts in ihm auslöst, das mit seinem Leben zu tun hat. Mit seinem heutigen Leben.

„Bis zum Anschlag", sagte er dann. „Gratuliere."

„Genau. Bis zum Anschlag", grinste der Kollege. „Immer bis zum Anschlag."

Er stand auf, griff nach seiner Taschenlampe und flüchtete aus der Pförtnerloge. Eigentlich wollte er wieder einmal eine extra Kontrollrunde machen, um Heino und Peter Alexander und Roy Black und den permanenten Fickgeschichten seines Kollegen zu entkommen. Aber dann ging er hinaus vors Festspielhaus zu dem jungen Polizisten.

Jetzt nur nicht allein sein, dachte er. Jetzt nur nicht ins Nachdenken verfallen. Jetzt nur nicht an die Japanerin denken und an ihre unschuldige Nacktheit. Und nicht an die Hände der Mutter mit den rot lackierten Fingernägeln. Und auch nicht an Fatima und ihre Brüste unter dem Dschador und ihre weiße Haut und ihren gemeinsamen Tanz.

Er weiß nicht mehr, worüber er sich mit dem Polizisten unterhalten hat. Über Fußball, über Festspielpromis, über die Terrorwarnungen, übers Wetter, über irgendwas. Er weiß nur, dass sie redeten, und er dabei an die Japanerin dachte und an seine Mutter und an Fatima und an den Terror vor seiner Wohnung und dass er einen Mann kennt, der ein islamistischer Terrorist ist, und an das Nagetier in seiner Lunge und an den Sprengstoffgürtel unter seiner Bettdecke und an sein Glied, das nur mehr zum Pissen zu gebrauchen ist, und dass er in den letzten drei Tagen höchstens acht

Stunden geschlafen hat, allerhöchstens, wenn nicht sogar weniger.

Er geht zu seinem Fotoapparat. Schaut durchs Okular. Zoomt auf die Baustellenplane vor seinem Fenster. Das dunkelgrüne Gewebe erscheint als ein dicht geknüpftes Netz aus armdicken Seilen. Ein riesiges Spinnennetz, in dem er gefangen sitzt wie ein dem Tod geweihtes Insekt. Unmöglich, sich irgendwohin zu beamen.

Er legt einen Film ein. Fotografiert die Wand vor dem Fenster. Das Ende seiner Welt. Das ist wirklich Hardcore, denkt er. Ground Zero in Salzburg.

Dann setzt er sich aufs Bett und raucht und wartet. Eingeklemmt zwischen den Zangenbacken eines gewaltigen Schraubstocks: Angriff von außen, Angriff von innen. Er hält sich die Ohren zu. Und raucht. Und hustet. Und wartet. Und hat nicht die leiseste Ahnung, worauf.

VIER

Auf den Anblick von Abdullah Sowieso kann er gern verzichten. Wirklich schlimm ist, dass er Fatima nicht mehr sehen kann. Das Loch, das er mit dem Küchenmesser in die Plane geschnitten hat, nützt ihm auch nichts. Die Fassade gegenüber ist ebenso dicht verhängt.

Möglicherweise wohnen die beiden gar nicht mehr hier. Sind in einen anderen Stadtteil gezogen. Ein Terrorist kann keine Bauarbeiter gebrauchen, die vor seinem Fenster herumturnen. Jedenfalls hat er Fatima schon seit Tagen nicht mehr gesehen. Auch nicht im Supermarkt oder auf der Straße. Aber noch hat er sie nicht aufgegeben. Noch kapituliert er nicht.

Mit dem Sprengstoffgürtel unter der Uniformbluse macht er sich auf den Weg in die Altstadt. Vielleicht hat er ja diesmal Glück, Fatima zu treffen. Die Stadt ist klein, und wer hier lebt, läuft einem unweigerlich irgendwann über den Weg.

Das Stadtgebiet ist in drei Zonen geteilt. In die Allerweltsstadt mit ihren gesichtslosen Wohnblocks, spießigen Einfamilienhäusern mit kleinen Gärten, halb leeren

Bürogebäuden, heruntergekommenen Geschäften, Spielhallen, Pornoshops, Wettbüros und lauten Straßen, die nur dazu auffordern scheinen, auf ihnen die Stadt so schnell wie möglich zu verlassen.

In die Möchtegernstadt, die mit ihrer Attitüde aus bequemem Historismus und mutlosem Modernismus, mit ihren Banken, Hotels und überteuerten Durchschnittsangeboten in faden Geschäftszeilen mühsam versucht, sich und der Welt Urbanität vorzuspielen.

In die Käfigstadt, in der hinter Gittern gezähmte Vergangenheit zur Schau gestellt wird. Müde, schlafende Kulturfossilien, regelmäßig von Dompteuren aufgeweckt, um einem sensationsgierigen, gut zahlenden Publikum ihre alten Kunststücke vorzuführen.

Und in allen drei Zonen ist das ganze Instrumentarium des Lärms im Einsatz. Die ganze Stadt vermintes Gelände. Feindgebiet. Und jeder Mensch eine Lärmschleuder.

Er kommt aus der Allerweltsstadt, geht durch die Möchtegernstadt und überschreitet die Demarkationslinie zur Käfigstadt.

Er blickt um sich, als wäre er noch nie hier gewesen. Als hätte er das alles noch nie gesehen. Als wäre das alles unbekannt und neu für ihn. Er spürt das Gewicht des Sprengstoffgürtels. Die geheime Macht, die

der Gürtel ihm verleiht. Und den ganz neu-
en, fremden Blick auf die Stadt, den ihm
diese Macht schenkt.

Wer eine Stadt als Fremder erkundet, beurteilt sie. Wo wäre es reizvoll zu wohnen?
In welchem Lokal würde man sich wohlfüh-
len, es zu seinem Stammlokal machen? Wo
könnte man gut einkaufen? An welchem Ort
träfe man sich gern mit Freunden? Durch
welche Straßen würde man abends gern
flanieren? Wohin würde man ausgehen? Wo
könnte man Spaß haben? Wo würde man
sich am liebsten aufhalten, wenn man in
dieser Stadt leben könnte?

Auch er hat jetzt den Blick eines Fremden angenommen. Auch er erkundet diese
Stadt, taxiert und beurteilt sie. Wo wäre *es*
möglich, wenn er wollte? Wo würde *es* sich
wirklich lohnen? Was sähe er, würde er *es*
tatsächlich tun und sich gleichzeitig aus
sicherer Entfernung durchs Teleobjektiv
beobachten?

Diese Ansammlung eitler, lauter Menschen auf der Caféhausterrasse an der
Salzach. Dieses Gekicher und Gelächter
und wichtigtuerische Geschwätz. Diese
unausstehliche, lärmende Jovialität. Dieses nervöse Klappern der Kaffeelöffel in
den Tassen. Dieses Proseccogläsergeklirre.
Dieses grässliche Küsschenschmatzen und
Kindergequengel und Cockerspanielbellen.
Schluss. Aus. Vorbei. Mit einem einzigen

Knopfdruck. In tausend Stücke gerissen. Stumme Körperteile zwischen Glasscherben und verbrannten Speiseresten. Ein Cocktail aus Sekt, Kaffee und Blut. Ein Unterarm mit einer Rolex in der Salzach. Ein rauchendes Loch, ein stiller Krater, wo bis vor einer Sekunde das berühmte Café stand.

Oder diese plärrenden Touristen in der Getreidegasse. Und vor Mozarts Geburtshaus die ponchobehängte peruanische Musikgruppe mit ihrem unausstehlichen Panflötengehechel. Die Welt müsste dankbar sein, wenn er sie davon erlöste. Wenn er die nervtötenden Musiker einfach in die Luft sprengte. Und die halbe verlogene Gasse mit ihrer ohrenbetäubenden Geschäftemacherei gleich dazu.

Er sieht sich durch die zerstörte Getreidegasse gehen, vorbei an rauchenden Fassaden und Menschenmassen, die sich als Gespenster weiter durch die Gasse zwängen. Ihr seid lauter lebende Leichnahme, denkt er. Lauter Untote. Wiedergänger. Zombies in einer Zombiestadt. Und ich bin euer Prophet.

Und er geht weiter, und er verspürt Hunger und steht im McDonald's am oberen Ende der Gasse. Stellt sich vor dem Tresen an, eingezwängt in eine Gruppe junger Mädchen. Vor sich, neben sich, hinter sich sonnengebräunte Haut, kaum von Stoff bedeckt. Feine

Härchen, die sich in Nacken kräuseln. Brüste in Pushups. Schmetterlingstattoos zwischen Schulterblättern. Glänzende Haut, schimmernde Haut, matte Haut, seidige Haut, samtige Haut. Und Geruch. Animalischer Geruch. Präkoitaler Geruch. Und helle Stimmen und dunkle Stimmen und laute Stimmen und leise Stimmen und Worte und Sätze und Lachen und alles zugleich und alles durcheinander. Und Haut.

Er spürt, wie ihm Schweiß ausbricht. Jetzt, denkt er. Jetzt! Mein Fleisch und euer Fleisch. Mein Blut und euer Blut. Die große Vereinigung. Und dann die große Ruhe.

Er rennt aus dem Geschäft. Durch die Altstadt. Jagt den Dom in die Luft. Sprengt die Alte Residenz. Lässt das Straßenrestaurant auf dem Alten Markt hochgehen. Legt die ganze Käfigstadt in Trümmer. Spielt Armageddon in dieser herausgeputzten, lauten, nach Geilheit und Geld brüllenden Stadtkulisse.

Und dann sieht er Fatima. Und ist froh, dass er die Stadt doch nicht dem Erdboden gleich gemacht hat. Fatima trägt ein helles, weites Kleid und hat ein Tuch über Kopf und Schultern geschlungen. An diesem Tuch hat er sie zuerst erkannt. Sie geht in Richtung Staatsbrücke, er folgt ihr. Über die Brücke und dann am Kai entlang zur

Möchtegernstadt und hinüber in die Aller-weltsstadt.

Er verfolgt sie wie ein komischer Geheimpolizist in einem schlechten Film. Oder wie ein Vergewaltiger, der auf die beste Gelegenheit wartet. Er geht schneller, wenn sie schneller geht. Geht langsamer, wenn sie langsamer geht. Bleibt stehen, wenn sie stehen bleibt. Verbirgt sich rasch hinter einem Auto oder einer Hausecke, wenn sie sich umblickt. Hält gerade so viel Abstand zu ihr, dass er sie nicht aus den Augen verliert.

Als sie in die Straße zu ihrem Wohnblock einbiegt, wechselt er die Straßenseite, beschleunigt seine Schritte, überholt Fatima, geht zum Eingang in den Innenhof und wartet. Wartet im Schatten des Eingangs und späht um die Ecke und wartet, dass sie kommt, und als es so weit ist, als sie nur mehr zehn, fünfzehn Schritte vom Eingang entfernt ist, verlässt er seine Deckung, tritt aus dem Schatten hinaus auf den Gehsteig, öffnet blitzschnell seine Uniformbluse, entblößt, ja, entblößt seinen Sprengstoffgürtel, die ganze Pracht aus Dynamitstangen und glänzenden Rohren, prallvoll mit Salpetersäure und Glyzerin und scharfen Nägeln, und präsentiert sich so Fatima.

Nein, sie stößt keinen spitzen Schrei aus und schlägt auch nicht die Hände vors Gesicht. Sie verlangsamt nur ihre Schritte, geht weiter auf ihn zu und blickt dabei ungerührt auf den Sprengstoffgürtel. Ganz nahe tritt sie an ihn heran, und er präsentiert ihr seine explosive Kraft strotzender Männlichkeit, aufgeregt und stumm, und sie geht an ihm vorbei und hebt den Blick und schaut ihm ins Gesicht und lächelt. Fatima lächelt ihn an.

Er liegt auf dem Bett und streichelt die Dynamitstangen auf seinem Bauch. Lässt die Fingerspitzen zärtlich über die kühlen Metallrohre gleiten. Tastet nach unten zu dem kleinen, roten Knopf auf dem Induktionszünder. Liebkost die Kabel und die Sprengkapseln. Er ist glücklich. Glücklich und erschöpft.

Er hört sie nicht. Eine ganze Stunde lang hört er sie nicht. Oder sind sie leiser geworden, die Terrorangriffe der Hämmer, Bohrer und Meißel, die gegen die Hausfassade toben? Die Kläffmaschine, die über ihm pausenlos wütet? Die kleine, keuchende Bestie, die sich durch seine Bronchien nagt? Und als er sie dann doch wieder hört, all die Terrorangriffe, ist es ihm gleichgültig.

Er könnte jetzt schlafen. Aber das Glücksgefühl hält ihn wach. Er leert die Plastiktüte, in der man ihm im Altenheim die paar Habseligkeiten seiner Mutter mitgegeben hat. Ein Kamm, ein Gebetbuch, eine Geldbörse mit ein paar Münzen. Ein vergilbter Umschlag mit Fotos, von Vater in Soldatenuniform, auf einem Motorroller, in Kniehosen und Bergschuhen auf einer Alm. Zwei Fotos von ihm am ersten Schultag und bei der Erstkommunion. Ein Foto von Tante Christl. Und ein Foto von einem jungen Mann, den er nicht kennt. Einem Unbekannten, der ihm irgendwie ähnlich sieht. Einem jungen Mann im Trachtenanzug in einem Ruderboot am Ufer irgendeines Sees. Und ein fast volles Fläschchen roten Nagellacks.

Er schraubt die Verschlusskappe mit dem aufgesteckten Pinsel ab. Riecht an der Farbe. Tupft sich einen kleinen Klacks auf den Nagel seines linken Zeigefingers. Betrachtet den dicken, roten Tropfen.

Wie frisches Blut, denkt er. Wie das Blut einer jungen Frau nach der ersten Liebesnacht.

Er ist glücklich.

DREI

Es gibt Umstände, an die kann man sich so sehr gewöhnen, dass es einem zunächst gar nicht auffällt, wenn sie sich plötzlich ändern. Zum Beispiel der Köter über ihm. Die Kläffmaschine. Der Zuhälterpitbull. Stundenlang hat er nicht bemerkt, dass das Vieh nicht mehr bellt. Das Kläffen und Heulen und Jaulen war für ihn schon so selbstverständlich geworden, dass er es auch dann noch zu hören meinte, als der Hund bereits längst tot gewesen sein muss. Angeblich mit einem vergifteten Döner umgebracht. In der Dönerbude wurde gerade das beschlagnahmte Fleisch von Polizisten sichergestellt, als er eintreten wollte. Polizeilich geschlossen bis zum Abschluss der Ermittlungen. Der Türke ist verzweifelt. Aber er kann ihm auch nicht helfen.

Er hat selber ein Problem. Wie soll es jetzt weitergehen mit Fatima und ihm? Der Glücksrausch, den er erlebt hat, ist für ihn ebenso verwirrend wie die darauf folgende Ernüchterung, die hinter seine Euphorie ein großes Fragezeichen setzt. Was bedeutete ihr Lächeln? Lag darin schon die erhoffte Bewunderung? Oder muss er noch mehr tun, um dieses Gefühl in ihr auszulösen? Welches Bild von sich muss er ihr präsentieren, um sie von seinem Mut zu überzeugen? Welches Bild?

Er geht ins Bad und betrachtet sich im Spiegel. Fettiges Haar, Bartstoppel, gerötete Augen, Tränensäcke, schlaffe Wangen. Ist dies das Bild eines zu allem entschlossenen Mannes? Eines Kämpfers? Eines Helden?

Er zieht sich aus, doch sein Spiegelbild wirkt nur noch deprimierender. Er schließt die Augen. Sucht nach einem anderen Bild von sich. Weniger unscharf. Weniger konturlos. Weniger breiig. Weniger beiläufig.

Er schiebt den Unterkiefer vor, zieht mit den Fingerspitzen die Haut über Wangen und Kinn zurück, presst die Lippen zusammen, bläht die Nasenflügel. Lächerliche Grimassen. Ein Schwamm mit strähnigen Haaren. Wie macht man daraus einen Kopf?

Indem man zur Nagelschere greift und sich die Haare abschneidet, einen Millimeter über der Kopfhaut. Und dann eine neue Klinge in den Rasierer einlegt und auf dem Schädel Rasierschaum verteilt und sich die Haarstoppel abrasiert, den ganzen Schädel abschabt, bis er völlig kahl und glatt ist, auch wenn die Kopfhaut brennt und man sich schneidet und Blut aus zwei tiefen Schnitten quillt und über die Stirn rinnt. Und indem man dann das Blut und den restlichen Rasierschaum mit kaltem Wasser abspült und den kahlen Schädel mit einem Handtuch trockenreibt und einen schmalen Streifen aus dem Handtuch reißt, den man sich dort, wo die Schnitte sind, um den Kopf knüpft wie ein Stirnband.

Jetzt blickt ihn ein fremder Kopf aus dem Spiegel an, und das ist besser. Seinen Körper kann er leider nicht zurechtschneiden. Aber er kann den Sprengstoffgürtel anlegen, die mit Dynamit bepackte, verdrahtete Anglerweste, seine magische Weste, die ihm die Macht verleiht, alles verschwinden zu lassen oder aus allem zu verschwinden, was ihn anwidert, und mit der sein Körper eine Kraft erhält, die alle Dimensionen sprengt, wann immer er will.

Er rückt die auf dem Stativ fixierte Fotokamera vors Bett. Stellt Bildausschnitt, Blende, Belichtungszeit und Blitzlicht ein. Steckt das lange Kabel mit dem Selbstauslöserknopf an die Kamera. Hockt sich aufs Bett, nackt, kahl, den Sprengstoffgürtel auf der bloßen Haut. Legt den rechten Zeigefinger auf den roten Knopf am Induktionszünder eine Hand breit über seinem Geschlecht. Hält das Ende des Fotokabels in der linken Hand, den Daumen am Auslöser. Schaut ins Objektiv. Verzieht sein Gesicht zu einem Lächeln. Schaut ins Objektiv. Drückt. Flash.

Drückt noch einmal. Flash. Und noch einmal. Flash. Und jeder Flash löst in seinem Kopf eine kleine Explosion aus. Jeder Flash ist eine erregende Erlösung. Jetzt hat er das richtige Bild von sich. Das Bild, das Fatima von ihm bekommen soll.

Er weiß noch nicht, wie er es anstellen wird. Ihr das Foto einfach wortlos in die Hand drücken, wenn er ihr das nächste Mal begegnet? Am besten wird es wohl sein, das Foto unter ihrer Wohnungstür durchzuschieben. Aber dann könnte es auch Abdullah Sowieso finden, und wer weiß, was der damit macht. Er muss nachdenken. Nichts überstürzen. Er hat Zeit. Zeit und Ruhe.

Nur der kleine, hinterhältige Nager scheint anderer Meinung zu sein. Schert sich nicht um das neue Bild. Frisst sich unbeirrt weiter durch seine Bronchien und pumpt einen neuen, schleimigen Blutschwall durch seine Luftröhre. Stülpt sein Inneres nach außen, krampfartig und stoßweise und laut. Wie ein Komplize des Terrorkommandos draußen auf dem Gerüst, das nun auch wieder beginnt, die Fassade wundzuschlagen.

Er nimmt einen Filzstift und ein Blatt Papier und schreibt darauf mit großen Buchstaben: ICH. Dann setzt er sich auf dem Bett zurecht, hält das Blatt vor den Sprengstoffgürtel, schaut in die Kamera und drückt wieder auf den Auslöser.

Flash.

ZWEI

Der Kollege fährt ihm grinsend mit der Hand über die Glatze.

„Neue Frisur. Echt geil. Extra fein gemacht für die Festspieleröffnung?"

Er versteht nicht. Und hört auch gar nicht richtig hin, als ihm der Kollege irgendwas über die reichen Bonzen und ihre geilen Tussis erzählt, die morgen hier antanzen werden, und die er am liebsten alle nacheinander, na, du weißt schon, bis zum Anschlag, diese Luxusweiber, eine geiler als die andere, und die ihn wahrscheinlich sogar dafür bezahlen würden, dass er es ihnen endlich einmal so richtig besorgt, ausgehungert, wie die sein müssen, weil es ihre alten Schlappschwänze doch garantiert nicht mehr bringen.

Es interessiert ihn nicht, denn morgen Abend hat er frei. Er hört nicht hin, weil ihn die Testosterondelirien des Kollegen nur noch anöden. Und er kann gar nicht richtig hinhören, selbst wenn er wollte, weil er seit drei Stunden ständig diesen hohen Ton in den Ohren hat.

Er war noch zuhause, und mit dem Baustellenlärm war endlich Schluss für heute, als ihn plötzlich dieser Ton überfiel. Ein gleichmäßig hoher Dauerton wie das schmerzhafte Geräusch eines Zahnbohrers, der mit hunderttausend Umdrehungen pro Minute rotiert. Nicht wirklich laut, aber durchdringend, mit einer Frequenz knapp an der oberen Grenze der akustischen Wahrnehmung, und deshalb umso aufreibender.

Eine Zeitlang suchte er irritiert nach der Ursache. Schlich angespannt horchend durch die Wohnung, dann durch das ganze Haus, Stockwerk um Stockwerk. Blieb vor jeder Wohnungstür stehen und lauschte. Presste sein Ohr an Türen und Wände. Aber nirgendwo wurde der Ton stärker oder schwächer. Der Ton begleitete ihn beharrlich und in gleich bleibender Intensität. Und da wurde ihm klar, dass der Ton nicht von außen, sondern von innen kommt. Von irgendeinem kleinen Generator in seinem Kopf.

Er schlug sich mit den Handballen auf die Schläfen. Hielt sich die Nase zu und presste Luft in die Gehörgänge. Steckte die kleinen Finger tief in die Ohrlöcher und zog sie mit einem schmatzenden Knall wieder heraus. Beugte den Oberkörper so tief wie möglich und ließ seinen Kopf nach unten hängen, bis ihm das Blut im Schädel pulsierte. Steckte den Kopf unters kalte Wasser und hielt die Luft an. Nichts half. Der

Generator hat keinen Knopf, mit dem man ihn ausschalten kann. Oder er kann ihn nicht finden. Und sein kahler Schädel ist ein perfekter Resonanzkörper, in dem sich der Ton unaufhaltsam zu steigern beginnt.

In seiner Lunge gurgelt und keucht ein Nager. Unter seiner Schädeldecke heult ein Generator. Im Kassettenrecorder säuselt und jammert Roy Black. Der Mund des Kollegen sondert permanent Pornovideotonspuren ab. Doch kein Antiterrorkommando stürmt die Pförtnerloge und sperrt den Kollegen lebenslänglich auf der Damentoilette ein und entschärft an Ort und Stelle den Recorder und schiebt dem Nager eine Rauchbombe ins Maul und kappt die Kabel des Generators, denkt er.

Bis zu seiner ersten Kontrollrunde hat er noch Zeit. Zeit für einen Kaffee und eine Zigarette. Er geht hinunter in die Kantine.

Die letzte Probe vor der Opernpremiere morgen dauert offensichtlich bis in die Nacht. An den Kantinentischen sitzen junge Leute in orientalisch aussehenden Kostümen und mit geschminkten Gesichtern. Die Männer mit aufgeklebten Bärten.

Er muss laut auflachen, als er sie sieht: Mindestens zwanzig Abdullah Sowiesos und doppelt so viele Fatimas, die Bier und Cola trinken, Schinkenbrote und Gulaschsuppe essen und rauchen und lachen und laut durcheinander reden.

Er setzt sich zu ihnen, sie machen höflich Platz und kümmern sich dann nicht mehr um ihn und essen und trinken und reden weiter, als wäre er gar nicht vorhanden. Und er schaut ihnen einfach nur zu, denn verstehen kann er ihre Gespräche ohnehin nicht, weil sie übertönt werden von seinem Ton im Kopf, diesem Generatorenton, der immer stärker wird und sich langsam über alle Geräusche legt, die von außen kommen, und sie beinahe völlig verschluckt. Das ist gar nicht so schlecht, denkt er jetzt. Das ist immerhin ein Anfang.

Und dann flackert das Signallicht neben dem Lautsprecher und dem Fernsehmonitor über der Kantinentür, und er sieht, wie die zwanzig falschen Abdullah Sowiesos und die vierzig falschen Fatimas aufspringen und aus der Kantine laufen, und eine halbe Minute später sieht er sie alle auf dem Monitor über die Bühne gehen und so tun, als wären sie echte Abdullah Sowiesos und echte Fatimas in einer wirklichen Welt, die aber aus nichts besteht als aus Holz und Styropor und Stoff und Farbe, und ein einziges Streichholz würde genügen, ein einziges Streichholz.

Er sitzt vor dem Bildschirm. Mit seiner Zigarette, seinem Kaffee und seinem Ton. Und schaut zu. Und fühlt sich mit einem Mal unglaublich leicht.

EINS

Er schläft bis Mittag, beschützt von seinem Ton. Dann wird der Ton lauter und weckt ihn. Als er aufsteht, ändert sich der Ton abermals. Der Generator unter seiner Schädeldecke muss nach links gerutscht sein oder sich gedreht haben. Er kann den Ton jetzt nur mehr im linken Ohr hören, aus dem rechten ist er verschwunden. Jetzt ist er wieder zur Hälfte den Geräuschen von außen ausgeliefert. Wieder schutzlos.

Ursprünglich hatte er vor, nur zu schlafen. Durchzuschlafen. Den ganzen Tag, die ganze Nacht und den darauf folgenden Tag. Er hielt seinen Ton für einen Verbündeten, der sich zwischen ihn und all den Lärm schiebt, der von allen Seiten gegen ihn anstürmt. Für den kleinen Bruder der Stille. Für einen Vorboten der Ruhe. Je lauter sein Ton wurde, desto stärker wurde er für ihn zur Wehrmauer, hinter die er sich zurückziehen konnte. Er hatte das Gefühl, dass sogar der Nager davon eingeschüchtert wurde und sich zurückhielt.

Jetzt muss er wieder seine Schutzweste anlegen, um sich gegen den Terror zu wappnen. Und er braucht einen neuen Plan für die nächsten Stunden. Als er das Gewicht des Sprengstoffgürtels spürt, muss er nicht lange nachdenken. Sein Körper sagt ihm, was er tun soll.

Sein Körper sagt: Fatima. Und sein Kopf antwortet: Supermarkt und Straße und Allerweltsstadt und Möchtegernstadt und Käfigstadt und Machtgefühl und Erregung und Zufall und Begegnung und Lächeln und Glück und Möglichkeit und Wiederholung.

Über den Sprengstoffgürtel zieht er seine Uniformbluse an, verlässt seine Wohnung und folgt den Befehlen seines Körpers. Er zoomt sich wieder an die alten Schauplätze heran, ruft die abgespeicherten Bilder ab. Die Caféhausterrasse an der Salzach. Getreidegasse. McDonald's. Dom. Alte Residenz. Die Explosionen. Die Trümmer. Die Leichen. Das Blutbad. Die Stille danach. Aber die zu den Bildern gehörenden Gefühle wollen sich nicht einstellen.

Immer wieder läuft er dieselben Wege. Stundenlang. Als könnte ihn Wiederholung an den Ursprung zurückführen. Als könnte man einen Fluss frisch entspringen lassen, indem man sein schlammiges Wasser zur Quelle zurückleitet.

Es ist schon fast Abend, als eine Frau in seinem Blickfeld auftaucht. Er sieht sie nur von hinten und in großer Entfernung. Er sieht Jeans und eine hellgraue, paletotartige Jacke und ein dunkelgraues Kopftuch.

Sein Körper sagt: Fatima. Und sein Kopf antwortet: Nein. Sein Körper sagt: Doch, sie ist es. Und sein Kopf sagt: Täuschung. Sein Körper sagt: Glaub mir. Und sein Kopf sagt: Warum eigentlich nicht?

Sein Körper folgt der Frau, und er folgt seinem Körper. Er kennt den Weg. Es ist der Weg zu den Festspielhäusern.

In der Hofstallgasse vor dem Großen Festspielhaus: Menschenmassen, dicht gedrängt. Er verliert die Frau aus den Augen. Untergegangen in einer Woge aus glitzernden Stoffen in schrillen Farben und schwarzem Tuch und schimmernder Seide und klimpernden Reifen an gebräunten Armen und funkelnden Steinen über aufdringlichen Brüsten und Kichern und Lachen und Rufen und Raunen und aufgeregten Gesichtern und Zigarillos in schmallippigen Mündern und goldenen Feuerzeugen in feisten Fingern und blassen Nacken mit fein gekräuselten Haaren und faltigen Hälsen und rot lackierten Fingernägeln. Oder verschluckt von der zweiten Woge, der Woge dahinter, der Woge aus gereckten Hälsen und offenen Mündern und sensationsgierigen Blicken und Plappern und Schreien und Kreischen.

Nichts wie weg, sagt sein Kopf. Bleib, sagt sein Körper. Das ist nicht mein Tag, sagt sein Kopf. Doch, das ist dein Tag, sagt sein Körper.

161

Und er sieht, wie er sich durch die Wogen zwängt, und wie ihn die Polizisten ohne weiteres durchlassen in seiner Uniform, ihn durchwinken in die Sperrzone vor dem Festspielhaus, die sie vom Ansturm der Massen freihalten müssen. Ihn einfach passieren lassen, ohne ihn zu kontrollieren, wie sie es wegen der erhöhten Terrorgefahr bei vielen anderen machen, die ihnen verdächtig erscheinen. Und er sieht, wie die Woge immer stärker gegen den Polizeikordon drückt, und wie es die Polizisten kaum mehr schaffen, sie zurückzuhalten. Hört, wie ihm die Kollegen vom Wachdienst, die der Polizei zur Hilfe eilen, zurufen: „Gut, dass du da bist! Wir brauchen jeden Mann!" Sieht, wie sie eine Kette bilden, Arm in Arm mit den Polizisten, und sich mit den Rücken gegen die vorwärts drängende Menschenwoge stemmen.

Und dann sieht er, wie ein Mann mit einer Fernsehkamera auf der Schulter durch die zweihundert Meter lange Sperrzone läuft, und dann noch zwei Kameraleute und zehn, fünfzehn Fotografen. Sieht, wie sie sich ganz in seiner Nähe aufstellen und mit ihren Teleobjektiven erwartungsvoll in die Richtung zoomen, aus der sie gekommen sind. Dorthin, wo jetzt acht schwarze Limousinen in die Sperrzone einbiegen und langsam auf sie zurollen. Und ein paar Meter vor ihnen anhalten, und die Limousinentüren von livrierten Männern geöffnet werden, und Menschen aussteigen, deren Gesichter er schon tausendmal auf dem Bildschirm und auf Zeitungstitelseiten gesehen hat. Irgendein Thronfolger samt Ehefrau und irgendwelche Ministerpräsidenten und irgendwelche Multimilliardäre und irgendwelche Sexhalbgöttinnen.

Und sieht, wie sie der kreischenden, applaudierenden Woge zuwinken und in die Kameras grinsen und langsam in seine Richtung schreiten, auf den Bühneneingang zu. Sieht, wie die Woge hinter ihnen nachrückt, laut und aggressiv. Meint einen Augenblick lang, in der Woge Abdullah Sowieso zu sehen, der seine Augen starr auf ihn gerichtet hat. Sieht, wie die Kameras geschwenkt werden, weil die Mächtigen, Reichen, Schönen, Berühmten immer näher kommen, nur mehr wenige Schritte von ihm entfernt sind. Weiß, dass er jetzt mit ihnen auf den Bildern zu sehen ist, er, der kahle Mann in Uniform im Sicherheitskordon, der die herandrängenden, plärrenden Menschen zurückzuhalten versucht, diese tobende Woge aus Körpern und Armen und Beinen und Schweiß und Geschrei.

Und spürt plötzlich einen einzigen Körper. Einen Körper, der sich an seinen Rücken presst. Den weichen, festen Druck großer Brüste. Fühlt, wie sich zwei Arme um seinen Oberkörper legen. Zwei Arme in hellgrauem Stoff. Weiß sofort, wem diese Arme gehören. Diese Brüste, dieser heiße Atem an seinem Hals, diese Hände.

Spürt Fatimas Hände nach unten gleiten. Spürt, wie sie sich unter seine Bluse schieben. Langsam, in Zeitlupe. Fühlt ihre Fingerspitzen über seinen Bauch und seine Lenden streicheln. Zärtlich und sanft und suchend und zielstrebig. Nach unten, auf den einen Punkt hin, nur eine Handbreit über seinem Geschlecht. Seinem Geschlecht, in dem er auf einmal wieder Kraft fühlt und die Gier, diese Kraft explodieren zu lassen.

Spürt, wie ihr Atem schneller wird. Spürt, wie sein Atem schneller wird. Spürt, wie die ganze Kraft in seinem Körper nach unten strömt unter ihren Händen. Ihren Händen, die so schön sind wie Mamas Hände. Merkt, wie ihre Fingerspitzen über den Induktionszünder tasten. Und sein Körper sagt: Jetzt! Und sein Kopf sagt: Jetzt!

Und er hält den Atem an und spürt, wie Fatima auf den roten Knopf drückt. Und er hört, wie der Generator in seinem Schädel vibriert und stampft und tobt. Und wie sich sein Ton im ganzen Körper ausbreitet. Und pulsiert und wächst und ihn ausfüllt und anschwillt und immer weiter anschwillt und ihn sprengt und mit einem Schrei der Lust aus ihm herausbricht. Und ihn abheben lässt, und seinen Kopf und seinen Körper hinausschleudert, endlich hinausschleudert in die Zeit weit vor dem Anfang, in die Zeit vor dem Beginn aller Geräusche.

Endlich angekommen. Endlich glücklich. Endlich umarmt von der Stille der Toten.

NULL

Salzburg. Vier Tage nach dem verheerenden
Sprengstoffanschlag vor dem Großen Festspielhaus teilte der Leiter der vom Innenmi-
nisterium eingesetzten Sonderkommission
mit, dass die Zahl der Todesopfer auf mitt-
lerweile achtundsechzig gestiegen sei. Drei
der zweihundertzwölf Verletzten kämpften
noch ums Überleben. Unter den Toten be-
fänden sich Mitglieder des englischen Kö-
nigshauses, vier Regierungschefs aus EU-
Staaten, ein amerikanischer Erdölmagnat
und Förderer der Salzburger Festspiele, so-
wie zwei bekannte Pornodarstellerinnen.

Der anhand von DNA-Spuren eindeutig
als Wolfgang Haller (56) identifizierte
Selbstmordattentäter sei vermutlich Mitglied einer bisher unbekannten islamisti-
schen Terror-Organisation gewesen, hieß es
weiter. Darauf wiesen Teile eines Notizheftes hin, die bei den Überresten der zerfetz-
ten Leiche gefunden worden seien. In diesem Notizheft befände sich auch eine Seite,
auf der in arabischer Schrift die Schönheit
von Explosionen gepriesen werde, in deren
Innerem als höchstes Ziel die absolute, heilige Stille ruhe.

Darüber hinaus existierten Fotoaufnahmen, die den Selbstmordattentäter offensichtlich in Bekennerpose und mit einem Sprengstoffgürtel um den Oberkörper zeigen.

Es wird angenommen, dass Wolfgang Haller jahrelang völlig unauffällig und als Wachmann getarnt in der Stadt Salzburg als so genannter „Schläfer" gelebt habe. Er habe seine halboffizielle Position und seine Vertrauen weckende Wachdienstuniform vermutlich dazu missbraucht, um in dieser Tarnung unbehelligt einen Sprengstoffgürtel an den wegen der Terrorwarnungen verschärften Sicherheitskontrollen vorbei in den Sperrbereich vor dem Festspielhaus zu bringen. Ob er in direktem Kontakt zu der ebenfalls bei dem Anschlag ums Leben gekommenen, international gesuchten Terroristin Aafia El-Gadahni gestanden sei, werde noch überprüft.

Es bestehe außerdem der dringende Verdacht, dass Haller den Hund eines nach einem Prostituiertenmord undercover ermittelnden Kriminalbeamten vergiftet habe.

In der Wohnung Wolfgang Hallers seien überdies Fotos der japanischen Musikstudentin Aiko O. sichergestellt worden, deren mit Steinen beschwerte Leiche vor einer Woche auf dem Grund des Salzachsees entdeckt worden sei. Ob Haller auch in diesem Mordfall als Täter in Frage kommt, müsse jedoch noch untersucht werden.